# 幸福樓

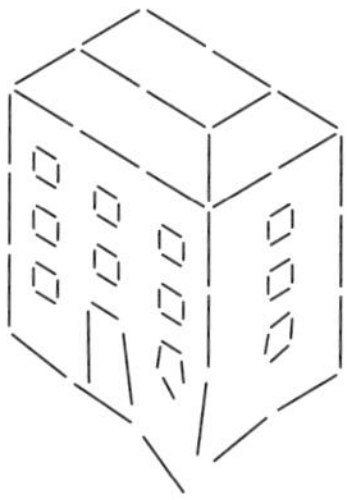

陳志鴻

# 目錄

# 傘與塔之間

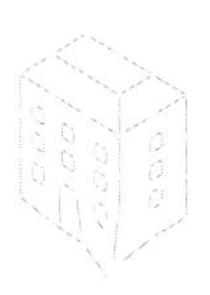

# 一　塔下

活在地平線下，快一千多年了。當然，確實的日子，我都記不得了，反正有一天是一天，這倒符合我慵懶迤邐的身姿。對我，一個不死者而言，時間的單位幾乎毫無意義，何況這是人的法則，與我無關。

多年以來，我一直有一項重大的背負，一座高塔建了又毀，毀了又建，老是在我頭頂之上，它是舊時候——我對朝代沒有深刻概念，一個名錢俶的男子為其愛妻而設的，據說塔成翌年，國也滅了。年深日久，人們倒祇記得我於此深居簡出。慣看了這裡的春花秋月，我也懶得搬遷。這就是惰性，我在人世走過一圈，染上了這種習性自然不奇怪。

忘了一提，這塔叫雷峰塔，薄暮即有雷峰夕照一景，與西湖另外的景致，合稱西湖十景。我曾無意中竊聽過一個旅客對同伴說，在世上另外一端，有一座叫曼谷的城市，也有一座鄭王廟就建於河畔，夕陽同樣烘托出了它美麗的剪影，成為人間一景，可見我住的地方也沒有什麼特別了。

來雷峰塔的遊人，腳步從土地延綿至塔身，一層一層上，足音卻層層遞落我久居的地宮深處。眾多的花木，依四時開謝，落下者化為了土地的一部分，每每嗅及了，我立知又換了人間。處於這等輪迴的境地中，一切祇因錯愛，我的罪名據說有二：首先，一個女人錯愛一個男人，於這世間，這種情況極為普遍；其次，人、妖殊途，我本不該去愛慕一個，人。

我就是不服，近代有那麼一個人，據說還是偉大的人，曾寫過一句，一萬年太久，祇爭朝夕。對一個女人來說，事實尤其如此，世間女子最大的敵人——除了男人之外，莫過於一個「老」字。趁著尚能把持住異性時，她們多半急找一個依靠，就遺傳學來看，有助於生育；就生計而言，她們下半生的日子如何，乃由風華正茂時就被決定下來了。

我的情況有別，我活得有點不耐煩了，人間的清風與明月，卻未能領賞一二，有點辜負了年華，枉費了時日。當然，你也可以說這是藉口，我乾脆先承認了。再不然，你可以說我不甘孤寂。我確實渴望，渴望在自己最愛的跟前施展千百種風姿，而非一天又一天重複以一種姿態苟且於世，我渴望的，其實是一種放縱。也許，你以為這一切一切純屬藉口。本來嘛，愛情就是一個男人尋找一個女人，或，一個女人尋找一個男人的最為堂皇的藉口，不是嗎？

當然，人世這一遭，到頭來，最大的收穫，還是重新認字。人間百味化浮雕為鏤空雕刻一樣，讓我對自己滿腹的文字，逐一有了更深透的體會，否則一切徒有記憶，白白背誦罷了。當識知了人間情，從前認得的每一個字，都意味深長了。

## 二 傘

少女頭戴薄質紗羅蓋頭，為防一點春寒撲面，為防一點塵埃襲臉，她的樣子我看得有點不真確了，祇知此姝自耕自得。肩膀上荷著一鋤，下有一副曲折有致的腰身。我迤邐而行，於草叢中藏頭露尾，妄想少女的身姿。想必我興奮的模仿發出了簌簌聲響，她止步回頭四顧一番，三步當兩步，做了黃昏的速歸人。

少女一回到家，摘下了蓋頭，露出一張小臉，眉眼一股劍氣，不能小覷。她燒了熱水，倒放木桶之中，一蓬又一蓬的熱煙冒散出來，充盈了黃昏的滿室，模糊了作為更衣人的自己的身影。當然，少女不會知曉，那時我早已伸長了脖子，隔窗瞥見出沒熱煙之中的人身好一陣子了。霧裡看山一樣，看有的，我想沒有的，那斜肩，那蜂腰，那窄臀，處處都是造化之功，多精緻的人身啊。

遠遠窺之不足，門縫又是一線天機，我委委鑽了進去，躲其一的桌腳後探頭探腦，隔著充當屏障的蓬蓬熱氣，我以為自己安全了。我期待那熱煙散去的同時，卻不知，那便是自我暴露時。終於，我得窺少女出浴的全身，看呆了，還來不及反應，一支打蛇棒已經朝我劈頭劈腦揮落。千年智慧告訴我，有渴望，就會有迷惑。我不惜挨打，目光也要直視少女的雙眼不放，直至我昏厥不能為止。

待我醒來時，已經在一張牀上了，滿室蟋蟀聲入耳。我俯身一看，已經多出了人身的手手腳腳，第一感覺，累贅。我嘗試動了一動手腳，但覺沉重，又擱放回去；我勉力重舉一手，頻頻張合十指，一時是掌，一時是拳。一旦聽見了有腳步聲，我即佯裝閉目睡去。

少女拿了一碗粥進來，放桌上，坐下了牀沿，凝視著我。我聽見那按兵不動的靜默，忍不住開眼了。祇見少女的眉眼劍氣略減，多了一股哀戚，她默默轉身，將粥小心捧上，說了一聲，姊姊，吃一吃粥吧。見我猶不肯進食，少女拿了一面銅鏡，我往裡一看，再比照眼前的少女：我怎麼跟她已經長得有點相似了？是的，洞悉別人的渴望，幻化為之，從來就是我的本領。

少女，你們所熟悉的小青，本是大戶人家的次女，大姊於逃亡中失散，她一人輾轉流離至此地，從前的針線手，衹能是農耕手了。生命就是這樣奇特，我走入了別人的生命之餘，卻也必須悄然空出位置，讓別人的生命取代了我自己的，從此，我衹能扮演好姊姊，小青口中名叫白素貞的女子。有此姓名後，私下裡我還得經常不忘默念，因為我的生命從來就是適應的問題，沒有理所當然。

就為了讓將來世間有情人喚我時，我可以第一時間應聲回眸，我得時時提醒自己，我即白素貞。看在小青眼裡，顯然，我衹是一個可憐的失憶者，前事已忘，一切從頭開始。

對內，我是小青的姊姊；對外，我們卻不能不先杜撰一個身世。我的樣子老成，有的是千年的世故，說是未婚，恐怕難以取信於世人。念及清明時節將至，我靈機一動，想到了自己或可化身未亡人。有了杜撰的身世，便須有相應的裝扮。人生就是這點不自在不痛快，得有一番穿戴，不像我從前過的日子，就是赤裸裸的生命，可以直擊冷暖。

忍坐鏡前，時間一久，我的身子有點扭扭捏捏了，小青總是一嗔，說，好姊姊，妳挺直腰背坐好來，不然，我幫不到妳。梳一個椎髻，多麼費時，像是頭上築巢，我嘟起了嘴。小青祇說，待會妳就會喜歡了，這我知道。尚未安上花冠，我見小青捧手中，但覺頭上百斤重，眉頭一蹙，小青但笑不語。戴好了花冠，小青把鏡舉至我的面前，我端詳鏡中人，已經人面桃花，別有風情。

小青忙問如何。我反問，世人會怎麼看呢？小青笑說，準能幫妳找到一個姊夫。我以為小青會幫我敷粉，不，卻聽她說，姊姊膚色不上粉自白，唇不點自紅。我頓時鬆了一口氣，從來，脂脂粉粉與我皮膚有隔。

小青為我披上了一領小袖對襟白絹旋襖，兩袖奇窄無比，人身的雙手有了管束，絹面依附我手臂上，是兩道涼快的清流。頭一低，我摸垂直的兩條花邊，貌似無色素白，迎光一看，卻見線路經緯之間的花色，是一朵朵開得飽滿的白牡丹，依次羅列而下。我下繫一條細麻長裙，原以為我可以大步邁行，由著裙腳掀起大滔大浪。小青卻喊，姊姊，走有走姿，走慢一點。真是無趣，我來此世間，連行路都難，我學著小青慢移步伐，輕沾一點人世的風塵。

人類的腰身形狀雖好，可惜太短，也有欠靈活，我發現我已經無從纏繞自己，全面擁抱自己是從前了。我日日祇能學習挺直腰身走路，從前覺得的美事，方知是苦差了。就在人身試用初期，為了像仕女，有紅男綠女出沒的西湖，便成了我取經之處。祇是，老天慣會開玩笑，就在我以為明天還能繼續練習時，站斷橋之上等船回家的我，已經得上陣面對一場人間的不期而遇。看，那湖心，已經有一舟朝我們這邊划了過來。

小青喊了一喊。船家搖船近岸，水紋一路尾隨，即起即散，生命不露太多聲色，悄然過來了。舟中有一後生，就在我的視野中慢慢放大，放大，我看見了他，一整個，人。我的面容卻是點了火的燈籠，亮澄澄，小青這樣告訴我。生命有了等待，就會有光芒。遙遙便見那個後生頭戴唐巾，身穿粗白麻衣。我問小青，來者什麼身分，小青說，大概是個書生。我轉身要走，小青拉住了我，忙說，妳沉默就對了。清明天充滿絲絲縷縷，我滿眼祇有人世的目前，既喜且懼。

船家來至面前，祇聽小青以丫鬟的口吻代我說明，要同船。我曾聽說過，百年修得同船渡。船家請示那後生，他尋找了一陣自己該有的表情，頭才靦腆一點。我與小青下船，雙方互行個禮，才坐定不久，我發覺自己的眼睛拿不定了，直朝那個有點怯意的後生望去，我們已經是風雨同舟人了。當他匆匆回我一眼時，我們的目光對上了，滿懷渴望的船搖晃了一下，是心湖一動？

船到了那後生上岸之處，我向小青示意，跟著上岸了。畢竟，我的生命原本就別無去處，碰見一個人，有了癡盼，竟是好奇起他的天地如何，我想跟著前去，也想聽一聽他的故事，像聽小青告知我她孤苦流離的身世。我當時並不知道，要是真的聽了一個人的故事，就會動情，就會捲入故事之中，跟故事中人一起創造更多的故事。

我人是上岸了，不知何故，心中一派蕩漾，腳步有點站不穩，彷彿還處船上顛簸。岸上，我站雨絲細網中，小青代為主動挽留，好一起找一座茶樓坐下共話談，那個後生以天色晚了為由告別，匆匆融入了芸芸眾生之中，消失了。小青說，我的臉像熄滅了的燈籠，光彩流離。

人間的喜雨，到了這時候，一絲絲都是煩惱了。待要在人世找一個可以歇腳避雨處，一個熟悉的身影匆匆閃過，舉頭四顧，我的目光一亮。小青咳嗽一聲，提示我當收一收外露的情感。小青一聲相公，替我喊住了對方。是他了，適才的同船人。一把青油色的東西他掌握著，世人說那是「傘」，聽起來像「散」。我倒覺得，這一回，有了傘，就有了聚。

當時，我不得不含笑微微訝異一番，以示他的盛情厚意真的觸動了我，難得他念及我和小青手上沒傘。回頭一瞥，小青不見了，她製造了我和他一塊的良機。適才那一喊，他想必也以為由我發出的，我也不解釋了。

處於八十四骨的傘面下，他手擎紫竹柄，我才知道人身的手可以表達的情意有多深。流蘇一樣，水自傘緣外絲絲縷縷掛落，圍成了一個罩子般，我們與外界隔離了，共容並存，自成一個小小的天地。比在船上時，我們挨得更近，天涯已經是咫尺了。

當時我怎麼就不曾退身一看：人間每一傘的閉合，其實都已經遙指我的未來，對岸的一塔。

那一把傘，他說交由我拿走，我笑了一笑。許多時候，毋須預設任何目的，當進行一件事情半途，自然而然就會發覺可以從中獲益了。這一把傘，從他的手再到我的手，終於成了我們情感上的一種小道具，它的功能好比一座橋，橫架於我和他之間，你來我往，已經不成問題了。我們想討的自是傘下的那一個人，不再僅僅那一把傘。傘喪失了它原有的功能，被另賦予新的含義；我和他之間，也不再是一男一女，我們變成了一對男女。

大概，這就是為什麼世間男女尤其喜歡雨中漫步的原因吧。

## 三　銀子

故事至此，才邁入生命的第二天，我又和那已探得名字的借傘人見面，他就叫許仙。當時小青來通報，自比前一日她是做了我的紅娘，問我這回該怎麼謝她。有了紅娘，我豈不成了鶯鶯？我當時笑了起來，多年以後，才知道那是何其不祥的比附，那故事的下場是這樣的：張生始亂終棄，鶯鶯還被視為妖孽。我的未來，也不過如此，原來老早就在一個比附中了。

然而，戀愛中的人，喜悅之極，就祇有目前的歡天喜地，縱有預見未來的能力，也因為一時貪歡，什麼都看不見了。那時，我身在四扇暗槅後，遙遠便見小青領著借傘人由外款步行來，家中的一應擺設不斷後退成為背景了。他走至一幅山水畫時，我心頓時一軟，望了那一抹抹山嵐橫斷的遠山群一眼。祇見那山彷彿不生根，輕忽忽浮於雲端之上，是浮山了。這一分畫意喚起了我美好的遙遠。從來，我就是深山老蛇，與此塵世中人，隔著千山萬水，斷橋的一段竟是一場迢迢的赴約了。待布幕將揭之際，我趕緊收回了目光，雙腿往借傘人的方向施施然走出去，這是一段千里姻緣啊，就在此時此刻。

昨天的借傘人，成了今日的索傘人。他一啟口，即提及要回那一把青油傘，唉，這男人，我該怎麼說才好呢？我託辭說，傘已經借了他人，喚小青去拿也要好一段路，不知他能不能坐等一會。他聽後一時有點不知所措了，樣子可憐巴巴站著，然後又以天色為由，告辭了。真叫人無奈這個借傘人，他來了，我就祇有目前；他走後，我就祇剩下無限且空茫茫的明天。

如今執筆重提，我的焦慮不下於當時，巴不得那美好的明天提早一時一刻降臨。可人生沒有意識流這一回事，也就沒有了跳躍，祇能一步又一步，腳踏實地走過來，從目前走到了明天，再讓那明天變成目前這一刻。

翌日，眼見借傘人又來了，我管不了那世俗禮法，給小青一些重要的戲分，要她再當紅娘，代我說親，向來者表明我欲委身於他。長長的一串話語中，「緣分」、「宿世」之類的字眼難免得用上，才能把我們之間的關係合法化。

隔窗，祇見那借傘人面有難色，那是情有可原，也是意料之中的反應。但凡是個男人，就不能一下子歡天喜地有人傾慕自己，以免連小青（他以為是丫鬟）也輕視他沒氣性。這使我懷有九成把握。祇聽小青從容問他有何困難，他卻遲遲說不出口。我是護夫心切嗎？我索性掀簾走了出來，直說：既然將成為夫妻了，就不妨直言你的難處，讓我也能分擔。我聽見了微弱的聲音答，「沒奈何」。

一時未聽懂所指何物，待會意過來，我便一笑。我早料及，小青是我的探子，老早告知我他寄人籬下，看叔嬸臉色度日，凡事不由自主，造成他需要做決定時，顯得有點優柔寡斷。瞭解到這點，我是吃定了他，我又有錯嗎？

在我，錢財無異於糞土，我倒也不敢面露一笑，擔心那未來的夫君會難堪。這屋中華麗的一切，本非我所有，從前這裡還是鬧鬼的荒屋，灰塵厚積三寸，經我手指一揮，一瞬窗明几淨，廢墟成了華屋。許仙就佇於一堆廢墟中而不自知，在這世間，除卻小青，他是我唯一的真，我目前的，人。

其他把戲都難不倒我，我就是變化不出一個像許仙那樣的人，世上祇有一個他，那同船人。為此，我祇能要定了他。這些日子，我常常反省：或許，我們之所以癡纏一個人，全然由於他超乎了我們所能掌握的範圍；一旦無從掌握，我們便以為對方較高一等，殊不知將來有一天，對方也有掌握不住事物的時刻。我就是這樣愛上許仙的。

我吩咐小青，她即上樓取落了一個包兒，遞給我，許仙接了過去。後來，我始知裡頭共有五十兩，本來，我祇許一兩，哪知小青這個好妹妹擅作主張，給我添了五十倍。這也好，不是有這麼一句話嗎？易得無價寶，難得有情郎。這又是我為自己和別人尋找的藉口，能這樣做這樣想，祇證明了一點：我已經陷入熱戀了。

我自詡為新寡貴婦人，抬高了身價，並在此富貴的環境中迎接許仙，無非是為了讓他明白，我可是委身於他，望他日後多加憐惜，也就別無他求了。至於那五十兩，就忘了它吧，那是人才在乎的東西。

然而，事情卻不是這樣的：那捨了出去的五十兩，到底將麻煩引了上門來。原來，那五十兩是小青暗地裡以不義之手法自一個狗官身上所得的，我分不清該謝她相助，還是怨她的義舉帶來惡果。我聽說許仙遭難了。

得知官府快到了，我和小青人妖殊途，兵分兩路倉皇逃離。我腳才離地，回頭再見地下一切，祇見蜘蛛開始在角落處出沒，網結出了一朵又一朵淡灰色的塵網，華屋再度成了廢墟。當唯一的真不在時，在這個世上，樣樣東西看起來就更假了。許仙一定不會原諒我，一念及此，我就急了。是第一次，我體會了「眼淚」這個詞。

## 四 雄黃酒

雷峰塔，我是看過的，卻不曾想過，從共傘那一刻，它便一直等著我的到來。新婚那一晚，我夢見過自己跟許仙共傘，雨過天青了，當頭那一把傘便準備緩緩閉合起來，突然，傘面緊緊一束，我便在黑暗之中像井底一樣深的地方癱瘓住了。我喊不出聲，像個啞巴；我舉目看不見，像個瞎子，我的生命打回了原形，祇有蜿蜒的姿態了。抬頭，這看不見出口的漆黑處，到底是什麼地方？

我一身冷汗醒了過來，摸起自己的四肢，難得的人身還在，燒了一夜的龍鳳燭短了。月有月的精魂，變成了一地雪白的光；花有花的精魂，那是陣陣過鼻的芬芳了。所幸，我夢中失去的人，夢外再度找到了，就在枕邊睡得嘴巴微張。我是有了這一副人身，跟了人類一起後，才開始頻頻有夢，過去千年以來的好睡眠被打擾了。

在小青協助之下，我聽她的意見，將自己打扮成一個妻子該有的模樣，遵守一切我認為該遵守的婦德，開始了為人之妻的生命歷程；當然，我也希望為人之母，好經歷一個女人該經歷的陣痛，胎生想必跟卵生不一樣吧。

人生最為幸福時，我和許仙是在臨安以外一個舉目望去遍是青瓦的無名小鎮。婚後的許仙曾經送了我一匹「一年景」。當時，他清了一清自己的書案，就在上滾開布頭，由著一匹光陰流淌出來，祇見一朵朵浮花，有桃杏，有荷花，有菊花，有梅花，生命的腐朽被化為神奇的圖紋。我貪婪花色，把四季裁剪成衣，同時穿在身上，好將年光統統挽攔。我漸漸明白，人世悲秋，渴望留春，就有了種種打扮上的設計。我聽見了許仙默念了一句，一年好景君須記。

望著許仙，那時我便想，我人在哪裡生活又有何關係呢？祇要他人在哪裡，哪裡的山水就成了我們最為絢麗的背景，到處都會有畫意。祇是，去遠一點了，唯一的好處：許仙可以完全脫離了叔嬸的操控，目前也就祇有我一個人，還有，小青。

當初，正是由於那五十兩，許仙被官府放逐至此無名小鎮，落單了的他祇能寄居王姓人家。我自忖，也許自己再度出現，多少會給他帶來一些安慰吧，畢竟，在這舉目無親的異鄉裡，我會是他唯一熟悉的陌生人，他也許需要我，需要一點故鄉的過去，那共傘的回憶來取暖也說不定。

懷著戴罪立功的心情，小青偕我一同乘轎子來至許仙下榻的王家，好再度敲一敲那故人的心門。門開，衹見許仙瘦了，一副落魄江湖的樣子，想必這個人從小被保護慣了，卻第一次因我（還是可以說成「為我」？）吃苦，我有的是疼惜。此時，一城又紛紛披披，下起了毛毛細雨。小青到底熟知人間的規矩怎麼走，先下手為強當面訓斥了許仙一番，怪他招供我們出來，引來一大群官差的追捕。

許仙直當我倆是鬼怪，幾度揮手欲逐。世人總以為，鬼哪裡有影子呢。好，我便按照這個法則取信於許仙，指了一指身下光地裡的一身黑影；人說天衣無縫，我既然有了這一副人身，穿的當然是有縫之衣，以感受生命需要縫縫補補的趣味。我揚了一揚衣袖，且讓許仙用他的一雙肉眼，看一看衣袖與衣身縫接的兩彎接口。

我再編以另一種謊話來縫補上一個謊話可能出現的漏洞，我衹有一補再補，將錯就錯，錯到底。突然，心眼一亮，也就明白過來：為愛說謊是在怎樣的一種情境之下發生的。我攞出了一臉無辜，推說那些銀子是我前夫所留，我並不知情銀子的來歷，才禍及了他，但求他心裡明白。至於華屋變廢墟，那是央求鄰人相助的結果，以擾亂官差的視線，就這樣而已。

可憐的許仙，放逐路上大概也吃過好一些苦頭吧，一時也就無法相信我，一副狐疑的樣子，他明顯真的受傷了。然而，面對一個低頭向自己認錯的女人，一個男人還能怎樣？況且，我千里迢迢追蹤到此，路遙不說，在這個世上又哪裡有加害者向受害者自首這一回事呢？

許仙祇是自嘆一口氣，似乎認了倒楣，再也沒有趕走我們的意思了。我就是喜歡許仙的厚道，至少，那讓我清楚自己還有可以一再欺負他的餘地，並從中感受他對我的包容有多寬。

此時，恰好王媽媽由外趔趔趄趄手挽菜籃歸來，見我跟小青站門檻外，便說許仙這孩子就是有點木訥，不懂人情世故，雨都下了，還不將兩位請進去坐。王媽媽邀了我進去坐一坐。到了屋內，小青看了我一眼，順勢感嘆今晚我們兩個異鄉人無處可以下榻。王媽媽趁勢說自己還有房可以暫借一宿，許仙倒也無可奈何，回了房去。

我將屋子上下看了一遍，那也是想瞭解一下，這些日子以來許仙是在何種環境度日。待腳步一停，我對小青點了一個頭，小青從袖中拿出了一錠銀子給王媽媽，要她老人家多擔待一些，並表示我跟許仙原是一對有情人，鬧了一些彆扭，需要時間慢慢消解，所以得在此住上好一陣子。王媽媽笑納，說，她一眼就明白我們與許仙關係匪淺了，才會把我和小青給請進來，而她老人家最是樂意撮合天下有情人，要我們放心長住下來，她一定會幫我們縫補縫補破裂的關係。

就這樣，我和許仙由共傘人變成了同一個屋簷的人，過起了尋常的柴米油鹽的日子，小青像個巧媳婦幫忙王家兩老料理家中諸事，替我博得了兩老的歡心。我聽見了王媽媽對小青說，不知怎麼，你和你家白姊來了之後，這個地方變成多雨了，潮潮濕濕的，牆壁上的青苔也長得快了。

是的，一天的細雨，時時刻刻都是當初我和許仙借傘的回憶了。飯桌上，我和許仙難免碰面，有了短暫的聚首，一家人那樣環桌用餐，世間家常便飯的滋味我總算可以嘗到了；私下裡，我大部分時間躲房中弄一些女紅，好針下出鴛鴦，時而聽聞我的小探子小青一臉喜色進來報告說，王媽媽又向許仙說了不少我的好話。當然，我事先早已囑咐小青向王媽媽下了一番功夫，家裡該幫補的就繼續幫補吧。這就是人間的交換，沉浸日久，我也染上了，人們多稱之為收買人心，原來是這麼一回事。

然而，那許仙終究不為所動，見著我了，禮數儘管周到，到底有閃閃避避之意，腳步匆匆來去，衹是勉強對話一兩句。我清楚他一定瞧我不起了，以為我衹會以富貴逼人，凡事用錢解決，但是他也得給我一個機會表露自己的誠意吧？我能做的都做了，還能怎樣？真沒想到，做人、愛人都真的這麼難這麼累。

當成就我的機會來時，卻是許仙病倒時，我該悲該喜？衹見許仙發燒得昏昏沉沉，口吐囈語不斷，王媽媽說我是許仙在此唯一的親人，問我有何主意，我心眼一亮，明白了老人家的意思：她老人家是要我出錢叫大夫上門來。我說世間庸醫何其多，我略通一點醫道，就由我來替許仙把脈吧。王媽媽很是驚訝，我微微一笑，此中其實有不足為外人道的簡單事實。

從前山中度日，遍地是藥，病了不就咬一把來吃，哪來什麼大夫呢？可惜人類早已失去了自我療癒的能力，把關乎生命的大事假手於人。我略通草木之名，開了處方，要小青赴藥店買來熬成藥湯。

要不是那五十兩，許仙就不會是個異鄉病人了，一切終究因為我的緣故，他才淪落天涯無名小鎮遭此一劫。入夜，我強打起了精神，點了孤燈一盞，打算徹夜照料許仙，不多時卻已不自覺頭埋雙臂之間，在許仙牀邊伏著睡去了。恍恍惚惚之間，我聽見有人喊，素貞，素貞。我醒了過來，祇見喊我者是許仙，我伸手探了一探他的額頭，燒是退了，我鬆下了一口氣。許仙久久端詳著我，我把頭低了下來，祇聽他說，為我們將來的日子，妳該把錢省下來。我苦笑了一下，我本身還有什麼未來呢？愛上了誰，誰就是我的未來了。一思及此，眼淚那東西又來了，許仙抬起手來幫我拭去，祇聽他握起了我的手說，妳累了，好好去睡，天就要亮了。

十一月十一日，乃許仙和我成親之日，如此容易記憶的數字，致使我這一生更忘不了他，年年我們夭折了的情緣，就有了一個過於清晰的忌日。婚前婚後，最大的差別在於，我有了妻室的名分；在這之餘，漸漸也就心生一種關於許仙我凡事要操控的欲望。我和人世間大部分的人一樣，一旦合法擁有了某物某人時，也就比先前更不容許他自我手中失落，因為我的權利告訴了我，他祇能唯我獨有。原來，那人間的占有慾，可以火騰騰強烈至此，我是在引火自焚了。

婚後，我買通了官府，解除了放逐的禁令。當然，這樣的事情，祇能瞞著許仙偷偷去做：還好，自從這世上有了女人之後，同時便有了祕密，不是嗎？我這麼做，是要許仙從哪裡倒了下去，就從哪裡站起來，好重新抬頭做人。

回到了臨安，我與許仙懸壺濟世，開了一間小藥店免費替街坊們把脈，幫許仙建立了街坊的好感與信任，一洗他的汙名。然而，我每一天推窗，見到遠處那一抹塔影祇當尋常，我並不知曉，回來定居臨安，其實等同於讓自己更接近命運的終點了。雨絲長掛窗前，臨安飽受雨色的沉浸，已經是一座有點蒼白的愁城了。

一日，許仙要面向佛祖許願，便說帶我去雷峰塔飽覽一回，他大概永遠不會知道，我們是一起參觀了我未來獨居的住所。那塔，當時未經火患，還是全副木造，不像後來重建時用上許多磚塊。我和許仙一層又一層踩著塔心的樓板緣梯而上，我但覺一陣似曾相識之感強烈襲擊過來，一時止步梯級上，緊抓住扶手。許仙忙問我怎麼一回事，是不是不舒服，我說不是，祇是心中一團的疑惑像無法消散的烏雲，我好像來過，卻又一時無法記憶起來，幾時來過這個地方。

高翹的檐角一陣招搖，丁零噹啷聲傳來了，將我和許仙引出了走廊上迎風一佇，目收了西湖漠漠的山光水色。從前跟許仙一起時，祇覺得什麼都應該是我們的背景，就為了將來回憶的一點繽紛；祇是，這一回我看著一起憑欄的許仙，我彷彿已經是個畫外人，站得有點遠了，祇能鑑賞生命，而不能完全參與。

許仙指了一指遠處，說，我們的房子就在那邊。我循著他細長的文人手指望了過去，祇見我們的房子不過是天底下密密麻麻的其一瓦頂而已，可是，人間家常幸福又豈是久長的？一陣烏黑的流雲已經紛紛過境，天地乍然變色了，那恐怕是更大的雨要下來了。

我和許仙還不及反應過來，雨腳已經紛紛斜打入塔身，把我們逼去了那一片漆黑的塔心坐了下來。一陣閃電，亮了一下，臨安露出了它的城廓，竟是一張受驚的臉孔。響雷戈隆戈隆來了，許仙將我摟緊了，雷峰塔一陣搖晃，許仙這一具凡胎發抖了。唉，能恐懼倒是一件好事，至少，那是一個有血有肉的真正的人身；少了對死亡的恐懼，生命不成生命，愛也似乎不成愛了。要是這塔轟隆坍塌下來，許仙肯定會死，而我呢，總可以從一片瓦礫中委委然爬了出來，再獨活下去，人間夫妻有的雙雙而死，我怕是沒有這個福分經歷，我有的終究祇是千年的孤寂。

雷峰塔歸來，我隱隱有點嫉妒小青這個好妹妹的真人身了；我學得哪怕再像，自己終究不是一個真正的女人，祇是一副臭皮囊，卻未得人的種種精神：沒有死亡，沒有恐懼，也就缺乏深刻的愛了。許多時候，隔窗瞥見了小青和許仙躲藥房一邊將草藥研成粉末，一邊有說有笑，人間尋常夫妻一樣，我淪為旁觀者了，妒嫉之中不乏一絲絲的羨慕：雖說人身有個大限，但是，也就有了特別分明的悲與喜，生命是雨是晴都應該記憶了。

許多個午後，我開始蜷縮著身子，躲庭院假岩石洞內，許仙以為我受驚了，便百般關切，送茶遞水，甚至與我一起挨坐幽暗中度日。許仙老是說，妳像個小孩子，愛躲起來，這個地方太窄了，外面天大地大，我們可以出去走走，散散心。我祇是不語。外面天地再寬大，到底我要的也祇不過是一個小角落而已；有時，活這個世上，能夠找到一個洞，摺收了那有點累贅的四肢，鑽了進去，也就夠了。地方是小了一點，牆面是粗糙了一點，至少我覺得自己的任性已經被人世所包容了。

深夜時，我當然回到人世溫柔鄉中，祇是早已輾轉難眠了。我一睜眼，瞥見了許仙臨窗而坐，一盞孤燈照出了他全神貫注的一弓背影。我下牀披衣，默默走到了許仙的身邊，他絲毫不覺。待見到了我，許仙趕緊將筆擱放下來，抓了桌上那一紙揉成一團捏手心裡。我問他寫些什麼。他有點窘地說，就記一些我們平生的事跡而已，推敲了大半天，祇有一些不成篇章的殘句，暫時不足為觀。

我好奇想要一睹，便跟許仙鬧，要搶過他捏在手心的紙團，祇見許仙閃過身子，打開紙團摺半，湊進了孤燈火舌，那一紙肆肆然燃燒起來了，許仙最後丟置香爐內，一陣檀香味充盈了一室，我惋惜許仙一夜的千頭萬緒和著檀木，一起化為灰燼了。許仙倒是轉身滿懷歉意，帶笑對我說，待遲些寫好了，我定然給娘子妳過目。

須知，祇有人類才寫東西，我從來就好奇為何許多人徹夜埋首，犧牲睡眠，就祇為了塗塗寫寫一紙又一紙：寫，有何人生樂趣可言呢？不論如何，我終究欲知許仙筆下的我是何面貌，是何性情。自此，我夜夜暗中偷窺，等待許仙有完稿的一日。當時我便在想：要是有一天我離去之後，在這個世上，他將記得怎樣的一個我呢？

端午前一日，我一身熱汗醒了過來，祇見桌上有許仙的留字，說他到金山寺一趟，為我祈福，至晚才會歸來。那一日，不知怎地，即便要凝神為病人把脈診斷，我祇是心神不寧，聽不見別人生命的律動了。看來，與其坐等許仙歸來，我不如尋去吧。

我和小青一同乘船，離開了臨安，是的，臨安，那其實一直也祇是我們臨時的安身之地而已。我們朝鎮江金山寺奔去，沿途船家極為納悶，對小青喃喃說道，不知為何今日的航行這麼快。那還不容易呢，那祇須暗使幾個魚兵蝦將，在船底推波助浪而已。

島嶼在眼前了，那金山寺環水依山而建，層層疊疊，一幅長卷直掛下來的景況。

船頭指向的地方，一片蒼茫的水氣漸漸散去了，渡頭上站了一些翹首盼望的香客，目光一搜，我即認出了我家一身儒雅的許仙。他在我眼中慢慢放大、放大，我再一次看見了他，這個人。此一時已不同彼一時了，當日初會時我在岸上，他在船中，如今倒過來，對調了。我看見許仙的臉色隱隱有點恐懼，便知道發生了什麼事。我不禁要嘆了一口氣，昨是今非，我第一次感染了一種灰青的情緒在心中翻騰，許多年後，我才知道有「滄桑」二字可以形容。

無論發生或即將發生什麼事，我都可以原宥許仙，祇是，我原諒不了我自己。愛一個人就是這樣，他即便犯錯了，我們也會為他尋找藉口來開脫他的罪名，這無異於代罪上身。

小青出面，邀許仙下船去，祇見許仙避開了我的目光，臉上透露了一絲絲的懼色。許仙待要一腳下船，卻聽有人洪鐘一發，說了一句，施主且慢下船，讓貧僧來會一會尊夫人。天地再次撼動了，許仙不曾下船來，站渡頭層層台階上了。船搖深深地晃了一晃，是因為來者的聲響，還是我心底的恐懼就要應驗了？

眾香客紛紛讓出了一條路出來，一個不失英偉的中年男人大步邁出，高居人前儼然一座塔般，眾生皆小了。他手提禪杖，鐵環鈴然作響，祇聽人群中有人驚呼法海禪師來了。那法海走至渡頭前，禪杖一拄，對我說，許夫人，妳從哪裡來，就回到哪裡去吧，人間豈是妳應該久留之地？

這法海看來不能小覷，心眼透明，一眼看穿了我的真身。我是知道的，在世俗面前，許仙毫無一點招架的能力，因為他本身就是世俗的一分子。我得承認，是我的到來，破壞了許仙在人世的安分守己，將他擺在與世俗兩立的困境。眼前他的默默不語，他的懦弱畏縮，原是那世俗的一部分，我要了他的好，就不能不連他的壞一起接受，我還能怪他嗎？倒是小青見著場面如此，有點急了，忙說，相公，姊姊船上等著你，我們回家去吧。許仙看著法海，面有遲疑的難色，又嘆了一口氣要往前走，祇聽那法海說，到了該回頭的時候，你就來金山寺吧，我在這裡等著你。

小青一張利嘴說，師父是出家人，豈有拆散別人家夫妻之理。那法海祇管搖頭嘆息，說了一句，可嘆可嘆，世人祇生了一對肉眼，有多少事情一時是看不穿的，看穿了也還執迷不悟。

許仙下了船來，我和他很是拘謹地坐著，像兩個陌生乘客。船家開始划槳了，法海被拋於岸邊，人影是漸漸小了，一襲袈裟卻還是一個燃燒著的亮點。許仙的人還是在這裡，我卻毫無勝利之感，當初離去跟目前回來的，似乎是兩個人了。要是我沒悶悶不樂，許仙就不會為我祈福跑一趟金山寺了，那麼，法海就不會出現了。生命畢竟不是可以推敲的句子，過去的都已經是事實了，我還能一筆抹銷重寫嗎？

是夜，小青備下晚膳便告退了，大概以為我有不少話跟許仙說。沒有，我什麼都不說，也都不問許仙人在金山寺的遭遇。夫妻之間，本來就貴乎能夠彼此信任，問了就是顯露猜疑了；當然，不問的話，又會不會更像猜疑呢？許仙終究遲遲不動筷子，目光有點閃縮，說要去拿酒助興。也好的，酒後或許可以吐露真言也不一定。酒尚未送到，我先嗅及了空氣中一股硫磺的氣味，祇見，那氣味發自許仙手上的那一瓶酒。

突然，我似乎需要換一副眼光來打量眼前這個人。這些日子，我有點低估了他吧，從借傘至今，事事似乎由我掌控著，即便意料之外的事故，我都扳正過來了，讓一切重歸原來的軌道上。終於，他是要出手，來改寫，來主宰我們的故事線了。

我對許仙有了佩服，想來他是知道了答案，不過仍要去確定那是不是真相。那是凡夫難得的勇氣，他不假外人之手，就憑手上的一瓶，要從我身上直討個明白了，總算他還有氣性。他手拿兩個小杯，一人擱放一個，握起了酒瓶。他的手有點抖了。我舉杯，縮短了瓶口與酒杯的距離，盛接他倒注下來的酒水。我閉上了眼，一飲而盡。

也許，我也不比許仙有多少勇氣，祇有待這雄黃酒下了肚子之後，我就可以逃避了，讓一切不說自明，就將真相擺在他眼前。許仙是睜大了的目光，裡頭別有一種等待，我承認：我開始有點看不起自己了。愛許仙至此，我不禁要問：我當初怎麼會愛上這樣一個男人？我不能不沿著生命的長河追溯上去，回到了那當初他的難以拒絕，他的無可奈何，他的恐懼，他的試探，他的勇氣，這些統統不就世俗常人的一部分嗎？不論許仙對我做了什麼，他到底讓我看見了一個，人。

那酒緩緩流經我的五臟六腑，熔岩一樣火辣辣，生命一點一滴萎縮了，先是四肢，再來頭頸，然後身體。許仙的眼睛睜得更大更大了，清明如鏡，是照妖鏡了。我在其中看見了自己一身的蠕動。不過一瞬，光消影散，我看不見我自己了。我爬了出去，舌頭一吐，湊近了許仙的臉龐，他已是一動不動了。我分不清楚自己做對做錯了，至少，我得承認自己確實也有若干向許仙賭氣的成分在內，他要知道真相，就得付出一定的代價。

剎那，又有一念冒了出來：要是許仙是死了，我怎麼辦？看著那一動不動的許仙，第一次一股墨色的情緒漸漸擴散，暈染開來了，我齒冷身抖了。我說不出怎樣的一種感覺。

我從來不曾像這一刻那樣，切切實實感覺到：苟活人世，我自己一度擁有過什麼。眼看著要失去，我不能不強打起精神，哪怕毀了千年道行，也要再次化為人身，還許仙一口人間的呼吸。

# 五　仙草

靈芝仙草已經在目，我可望不可即，智取太費神費時，祇好力敵了。鶴童身子一躍，化做了一隻白鶴，以他的長喙為利器，凌空而下，襲我之人身，要戳穿我的皮囊；另一頭，鹿童搖頭搖腦，以枝丫一樣的雙角同我的雙手搏鬥。周旋數十回過去了，一頭的熱汗成流，看著兩個少年，坦白說，我又怎能真正下得了毒手呢？一念及此，肩膀一痛，挨了鶴童的一啄；未及看清楚傷口大小，鹿童又奮力來至，逼得我後退了。

怪祇怪我一時魯莽，本該求見南極仙翁在先，勝以如此下手搶奪仙草。我自忖不比二童氣盛，若是糾纏下去，落得一敗塗地不說，祇怕救不了許仙。我剛思及此，祇聽一聲嚴厲，住手。二童即時跳閃一旁，祇見一個老頭拄杖走了出來，童顏鶴髮。這時，我才感覺自己的肩膀有點隱隱作痛，便一手按住了。

我嘆了一口氣，據實告知仙翁前此種種，望他老人家垂憐，不看我的面子，也要想一想許仙是一條人命。仙翁囑咐鶴童，採了那靈芝給白娘子吧。師命難違，鶴童皺一皺眉，祇好轉身去。一會，鶴童將靈芝交到了我手上，我點了一個頭，對仙翁拜謝，卻祇聽他老人家說，聽妳轉述，許仙怕是受驚過度，膽裂了，為今之計，要救他一命，祇有剖膽供他吞食；至於靈芝呢，祇能是一種藥引。

回到了家中，小青已是斜坐牀沿邊的凳子上，看顧著那還昏迷不醒的許仙。不知何故，我祇是在小青背後站了好一會，不敢有絲毫的驚動。再一次，我是生命的旁觀者了。要是許仙當初遇見的就祇有小青，這一切統統就不會發生了，他可以過人間尋常夫妻的生活，甚至早已生兒育女了。偏偏，生命就不是可以推敲的句子，寫了便是定局，我起了一個頭，祇好繼續寫了下去，待生命自然而然止於當止之時、之處吧。

突然，我身子一陣疲累，站不穩了，嗒一聲我一手扶住了牆面，一手按住了肩膀。小青回過頭來，驚呼一聲，忙走過來，問，姊姊妳怎麼了？我說那是無礙的小傷，並要小青趕緊拿靈芝配瘦肉一塊燉去，當然，我不無支開小青之意。祇有待房中剩下我跟許仙時，事情才容易辦得多了，我從腰間抽出了一把小刀擱牀邊，雙手分抓白紗衣裙的兩襟，好寬露出自己的上身。我抓了那一把小刀，一舉刺入，再狠狠拉割小半圈，忍痛由著那傷口血傾如注了。

我一手伸入體內摸索了，找獲了，便摘出那一顆膽來，卻也牽扯出了大小血管得一一切斷。我倒了一倒雄黃酒，將蛇膽泡上一泡，以去毒性。我兩指按著許仙的兩腮，讓他雙唇一張，再抓膽塞入他口中，換我膽為他膽了。

目下，等小青的靈芝湯當兒，一陣沁涼入房來，窗外絲絲縷縷，又是打開來的回憶了：那時傘下人臉龐對臉龐，靠得那麼近，祇見他青紅二色的小血管浮露，像宣紙上細緻的小纖維，多脆弱的人啊，彷彿可以隨時被撕毀；不待唇言，那眉眼、那睫毛清晰，早已說著許多許多話，如今都歸沉默了。目前還擁有的，我不能眼看著他變成曾經擁有。

小青拿了靈芝湯進來，見我血染白衣衫，又是一臉驚恐，雙手發抖了。我忙將靈芝湯接過，放桌子上。我要她別怕，我的傷口無礙，光陰便是最好的良藥，祇是，我真的需要靜靜躲假岩洞裡休養上一段時日。我囑咐小青得照顧好許仙，日日洞外跟我報告許仙的狀況即可。

回歸庭院之中，下了那一道布帘，便可以接受那區區小洞穴的包容。時而靜靜躺著，望著那帘腳的一線光，那是現實的一點透露，我會想像自己便是許仙了，我揣想生命的痛楚，我揣想肉身的痊癒能力：似乎祇有如此，我才能切切覺得自己已經對生命的苦難，有了一點的分擔。

躲此洞穴，養傷當然祇是其一的原因。聽著天空的鳥鳴，我是不必看見那劃過天際的過客；聽著街喧聲，我是不必看見生命的來來往往；聽著雨腳點滴聲，我是不必看見飄搖的回憶。然而，幾乎一切都看不見時，我的心眼卻是透亮起來，燭照出蜷縮一圈的自己，原來，我是怕看第一時間醒來的現實。

是的，醒來的許仙會怎樣看我呢？他將記得怎樣的一個我呢？他會不會再次嚇破膽呢？幸虧有這個洞穴，我可以聽而不見。小青日日依時來報告，她的影子斬斷了那一線光，我不問，就祇聽她說，而她大概也清楚我想聽些什麼，便做了過濾，說了我想聽的。至於她不說的部分，我就從她支支吾吾、匆匆帶過、輕描淡寫、故作歡喜的口氣中聽出了另外的第三、第四或更多行來。

最初，祇聽小青說，許仙蘇醒時，臉色先是一陣驚慌，後經她的安撫，便肯靜靜養傷了；當然，小青是輕描淡寫了，根據我對許仙脾性的瞭解，他不會甘於靜靜養傷，畢竟上了一回恐怖的大當，忿忿不平自是可以理解的事，我怎能怪他呢？不久，再聽小青描述，許仙可以說話成句了，卻不曾問起我的行蹤，倒是小青自行告知我躲此洞穴養傷，許仙聽後也不搭話一句；許仙不曾問起我的行蹤，祇怕心有餘悸，不問便可以當我不存在了，至於小青向他透露我的行蹤，祇怕是小青要討我歡喜，並暗示待許仙能夠下牀行動，他便有可能來找我了，那近乎安慰了。

聽著許仙一日較一日靜靜康復了，我心中早已隱隱醞釀出一種自己也不敢承認的癡想，我的雙耳也就時時豎立著。我將日常一陣又一陣的沉默，視作為了迎接一陣我熟悉的腳步聲的前奏，我明白了「動靜」二字並用的意思。我的身體不敢多做挪移，深恐發出的哪怕一點聲響，便會遮蓋了朝這邊走來的第一聲腳步。我等待那熟悉的身影彎身鑽入此地，拋棄了身後的光明，與我暗中再一塊挨坐。我等的是許仙這一次真正勇敢地走入我的生命，他會來嗎？

我的傷是一天天在養著了，彷彿，我所養的是一頭小獸，撫之，憐之，惜之，我對自己的傷口是有了感情，也有了寵愛，也就不能怪它癒合得太慢太慢了。然而，要是真的完全好了起來，我也就沒有在此盼等的藉口，不是嗎？從來，我是難得將自己擺在等待的位置上，我對這種姿態突然有了一種依戀，就這樣讓我繼續等著吧，好讓我覺得在這個世上，還有一些事，還有一些人，我可以再等下去。對一個經常主動的人來說，有時被等待所主宰，又何嘗不是一種幸福呢？我就在這裡等著故事發生好了，為何還到外頭的世界去主宰故事線的發展呢？

然而，我按捺下去的恐懼，時而仍舊會浮上心頭：幸福會不會也祇是一種暗中的揣想而已？我始終等待布帘被一雙手揭開來，好將一束光芒帶了進來，我就會看見我願意看見的現實了。這一切就像躲了起來的小孩，就祇能等一個大人的發現；就為了被發現的幸福感，我必須繼續沉浸在黑暗之中，白晝時與一線光相依，入夜我就祇好擁抱黑暗。

出於自尊，也礙於自尊，我從不開口問小青許仙幾時來呢，甚至，凡稍微意識到小青要提及這事時，我趕緊阻止，轉開話題，我還想保留一線的希望。小青大概知曉了，祇是流水帳那樣報告了其他家常事，由我一一裁度如何處理。私下，祇有我最清楚，我的聽覺早已變成了一種警覺，片刻不休地捕捉所有聲息，深恐有所錯過，也就失去了晝夜之別、寤寐之分了。

我被遠近大小聲音所滋擾，花開夜半，貓走瓦頂，蚯蚓出土，髮生皮脫，我都聲聲清晰迴蕩耳中。我掉入前所未有的一團恐懼之中，就為了聽取一雙腳步聲，我難道連其他毫無相干的聲響都要一一聽取，以致自己不勝這個世上的喧鬧？我一邊害怕，卻又一邊無比納悶：世上萬物似乎運動不已，變化無窮，究竟還有些什麼聲音我尚未聽獲呢？

時至這個階段，我的耳朵有了自主的生命，不耐於等候聲音入耳來，它彷彿是無形的觸鬚，不時會主動出擊，去搜尋所有的聲音占為己有了，再細細咀嚼，配上了心中浮現的印象，以確立每種聲音的源頭。我終究不是一個能夠長期處於等待的人。與其被動等待一雙腳聲，還是主動去抓住那一把呼吸聲吧。

雙耳一旦鎖定了一定的距離範圍，其他雜音得以篩汰了，底層那一把微弱的呼吸鮮明了，我追蹤之，我的雙耳彷彿穿牆入室，貼近了那曾經貼近我臉龐的雙唇與鼻翼，我再一次聽見熟悉的一呼一吸的節律，是他了。距離再一次縮短了，聽見他的司時，我當然也聽見我的呼吸洶湧起伏，彷彿我們仍舊共處燭火熄滅了的暗室：這一切，已經不僅是呼吸，而是呼應了。

自此，我心無旁騖，凝神靜聽房中人起居，生命的吃喝拉撒。更多時候，我聽見了踱來踱去的步聲，那似乎是一種猶豫的節律，充滿了一些或明或暗的可能，我迫不及待整弄了一下衣妝，祇怕那腳步一有了決定，便會朝這邊走來了。可惜，一次都不曾發生過，常常祇聽那腳步聲突然煞止了，人似乎坐落了。我聽見了一聲嘆息的凋落，託風輕送過來，而他呢，永遠恐怕聽不見我這裡其實早已有了更多嘆息的堆積。唉，單方面的聆聽，使我陷入一股莫名的焦躁，我心想要謎底趕緊揭開，卻又深恐揭開後的謎底非我所要的，我彷彿被自己囚禁了。那淚水動不動，不請自來了。這樣的日子幾時結束呢？

一夜，將近天明時，一股冷風吹了進來，我縮一縮身子，耳朵卻醒了過來，聽見了遠處風掀紙角的聲音，再仔細凝神一聽，還有毛筆劃過紙面聲，一陣恐慌衝上來，我馬上擁被坐直了身體，扯一扯平雙腿上的被面，我嘗試以指為筆，在被面上按照聽來的筆劃虛寫出一個個字。

待那一頭筆停之後，長久的審判有了結果，雖未親睹那一紙判詞，便已清楚那最後的留字了。我終究不曾馬上放棄，聽著遠處一陣門開門關聲之餘，我望著布帘下一線微弱的晨光，祇聽遠處那一陣腳步聲，心跳加速了。房中人果然未如我所預期那樣，朝這邊走來，他漸行漸遠，脫離了我雙耳的掌控，融入了街上的人來人往，消失了。

頓時，我心是徹底掉入了寂靜之底的一顆重石。未幾，一陣水在盆中的晃動聲響起，然後推門聲、盆擱桌上聲、腳步漸漸慌亂聲、一紙拿起了又放下而發出的清脆聲、一陣小小的驚呼聲，最後是一陣腳步跨過了門檻朝我這邊半走半跑聲傳了過來。腳步聲到了洞外，暫停了，一陣喘息聲又起，趁那來者還未開口，我先說了一句，小青，妳不用說了，我統統都知道了。

## 六 大水

不勞船家，這次我從臨安要了一葉小舟，速速然自行到了金山寺腳下，像世上女子，祇為了尋夫而已；不見許仙一面，記取了他最近的面容，我是不肯離開這個人世。然而，披著正義袈裟的法海早已佇立渡頭上把關著，不容我登岸去，再次要我回該回去的地方。

法海與我對話了一陣，我們始終各據一方，他高高站渡頭之上，是個岸上人了；

我仍然處於不繫之舟上，受風浪的一陣陣侵擾，是個浮世舟中人。如此劃清界線，法海分明要讓我覺得，人、蛇有別，甚至對話之間，我時時刻刻需要仰望他，顯得有點低了一等。

法海透露許仙在寺內靜修，要我別再打擾了。我努力凝神靜聽，始終無法聽出山上許仙哪怕一點動靜了。難道看的慾望太強了，聽的秉賦就失去了？我似乎與許仙完全失去了聯繫，而內心一種渴望不滅，就是再見一面，我便開口求見了。說到底，祇要一天還在世上，一個妻子難道不可以行使自己的權利，要求再見自己的夫君一面？法海直言，說，見了一面，必然再有一面又一面，何時能了呢？

我祇是想親耳，親耳聽見許仙當面說上一句，我便可以離去了。我狠心不了，下不了手，需要許仙的一句話，來將我們的情苗捏斷。這種迫切一見一聽的情緒，是怎麼一回事呢？當時的我祇知道能依附，並與別人聯繫一塊是一種生命的寵幸，卻不知道我早已被眷戀這種情緒所主宰了。眷戀一生，就生根了，這種情緒讓我斷無瀟灑離去這個世間的可能。儘管知道，愛有千萬種情緒需要一一去駕馭，去應對，眷戀卻還是一種新生的情緒，它像一卷無限的長線，滾滾不斷，源源不絕，沒有軸心。

我處舟中久之，無法登岸上廟去，望著法海與他背後的金山寺，心中突生了一個念頭，我的身體隨之抖了一抖，究竟晨風太冷了，還是那可以預見的場面太可怕了？

卻聽法海一聲吆喝，白娘子，請將此惡念斬斷，我頓時從沉思中乍醒過來，直視眼前這個可以透視我心中所思的人。突然，祇見法海的臉色一變，轉為驚慌了，他的身體也往後一退再退了，上了通往廟宇樓閣的石階。低頭下一看，我的腳下舟被一股巨浪高高托了起來，一批魚兵蝦卒紛紛彈跳出來，居於我之前躍動充當衛護，個個無比精神，其中的代表是蟹將，說，我們將助白娘子一臂之力。

總是如此，生出了一念，還來不及按捺下去，已經實現在目前，釀成大小禍患，讓我置身其中受困擾著；我無法讓那念頭歸無，我收不回去了。就像當初，來此人間經歷的念頭一生，我就很難安安分分繼續做一條蛇了，祇好蛻變為人了。心生此念，一念又改變了此心。

霎時，我真的不知如何回應蟹將的話，惶惶然站舟中愣住了，實現總是比未實現更可怖，老天的仁慈有時也是一種懲罰了。不待我回說半句，一陣天震地動，綠海青浪紛紛朝金山寺樓群湧了過去，顯然，水族們要水洗金山寺大殿。

一瞬，水勢早已腰斬了島嶼小山，整個渡頭早告陸沉，岸卻是隨著水勢又給推遠一點了，始終是可望不可即的一線。我無從靠岸，祇能寄身小舟，隔舟旁觀大水。近在目前的寺廟樓閣不堪風浪的打擊，有點搖搖晃晃了，似乎水尚未滅頂，一切將先自紛紛坍塌下來，沉落海底。許多年之後，我才知道人類將這個現象稱為「海嘯」，是世紀大劫難。

我對蟹將喊話出去，牠聽而不聞似的，繼續揮動水族們興風作浪。水勢早已高漲入大殿的庭院內，一波一波洗刷著大石板條縫的人間塵埃，我心一驚。難道正是自己一念之生，水族們趁虛而入，掀起了一場海嘯？或許，這樣的一場水陸之戰早已醞釀千百年之久，就等此時此地我站這裡尋夫時，它便有了啟動的藉口？

我無從知道人世的因與果。祇見蟹將回過身來，站我舟之前獨領風騷，舉起大螯足一揮，祇覺得一股力量由後猛然一推，原來是魚兵蝦卒推舟，瞬即我腳下的舟身擱淺大殿庭院內了。回頭，祇見水勢淺淺一退，蟹將領著魚兵蝦卒站我身後，噤聲立定了。天光入照大殿之內，祇見一個熟悉的背影帶髮跪在佛前，雙手抓住了一串佛珠喃喃誦經，是許仙了。望著那一抹朱色門檻，像是一條不能踰越的分線，他在內，我在外。人間處處就是這樣的限制與區隔。

我捨舟走下庭院站住了，朝那一弓背影喊許仙的名字。久久，祇見佛面，卻不見那一張人面回過頭來。

待要步入大殿，祇見法海先我一步，從大殿之內跨出門檻，我即退了幾步。法海合了雙掌後，說，當斷就斷，妳還是收回念頭下山去吧。就差那麼數步，我祇消跨過一道人間的分界，勇闖入殿，橫站佛前，就可以見許仙最後一面。如此一念甫起，即聞一陣波濤洶湧聲在耳際了，是螃蟹領著魚兵蝦卒在我背後叫嚣，祇聽蟹將說，若是法海阻攔白娘子妳，我們就讓金山寺沉落江底。魚兵蝦卒一陣好啊好啊的附和聲。法海搖一搖頭，回過頭去，瞥了大殿上的許仙一眼，說，一念即生波濤，許仙，你要好生記住。說畢，法海走去了一旁，讓出一條路，嘆了一口氣，對我說，妳進去吧。

步入大殿中心，我站許仙背後久之，他無絲毫回顧生命的意思，仍舊祇留背影給我。我跪落佛前，審視殿內一切，彷彿祇有如此，用了跟許仙一樣的肉眼，從同一個角度出發，我多少還能一窺他此時此刻的內心。祇見三尊巨大的佛像聳立在前，須是抬頭才能仰望，我不禁懷疑，難道就為了讓人顯得渺小，顯得謙卑，佛像才造得如此巨大嗎？敬佛本來就不是我的心性，到了如此境地，未窺人面之前，先見到了三尊佛面，就讓那巨大的來包容渺小的吧，我竟是祈求起佛祖能夠垂憐，讓許仙此時此刻回過頭來。祇要目光再碰上目光，一切也許就會回到了生命的當初，許仙從來就不是硬心腸的人。

還剩最後一步棋，我本來就應該走這麼一著，祇是：走前繞至許仙面前，看了他一面之後，一切會不會便告結束了？如此稍一猶豫，動了此念，便聽見殿外又一陣叫囂聲，是蟹將在喊，忙問情況如何了，並出口恐嚇（那顯然是說給許仙聽的），要是許仙不肯回過來，牠與眾兵卒就讓一場大水進來，將他捲走算了。我終究站了起來，喊了出去，要蟹將等切莫衝動。

回望許仙，那血肉俱足的凡胎，肯定不是不能動搖的一塊頑石。我一步步兜至許仙面前，背對佛面蹲了下來，祇見那一張久違的謎底揭開了，我心跟著一冷，如掉深淵：許仙竟是闔上了人身二竅，緊緊閉目，不把我看進他的眼裡。

單方面的看見，突然顯得不足，我需要一種人世的相看，你中有我，我中有你，彼此沉浸的境界：我需要的是被看見，就請你睜開眼，看我一眼吧。就為了一份欠缺，我不能就此離去，許仙還不曾看見我，他不能至死就祇記得我是那一條曾經嚇壞他的蛇，他必須記得我是不惜迢迢來找他尋他的家妻，我需要上訴，我需要更換他對我的記憶。難道，我之但求一瞥，是苛求了生命？是強求了別人嗎？

我望著許仙雙唇翕張，那已經是一張拒說風情的冷唇了，我曾從中學會人間枕邊細語，聽見了生命熱溫溫的一息尚存，朝我的臉龐呼過來；我也喝過那一雙嘴吐露過的種種甜言蜜語，以致如今肺腑之間還有一些微醺。望著那一雙由著粒粒佛珠穿梭的手，那可是教會了我無數愛情手勢的人手，我曾從中學會執手，卻無法好好握住人間的一切；我也從中學會放手，至今卻還無法完全捨得。唉，眼前這一雙手與這一雙唇已經仇對著我了，它們彼此合謀串通，製造出了一道拒人於外的聲網，讓許仙可以自我籠罩在裡邊。我進不去，一直在一具肉身外面徘徊了。

從來，眼見生命的專注，我就忍不住要去驚動，那是怎樣的一種心性使然？我想，大概一個難以安靜者，老是為了證實凡生者都好動的想法，便會時時出擊，去挑戰別人的極限。往昔許仙入夜案前計算帳目時，我老是頻頻送茶遞水，或是問長問短，惹得他最後停筆，對我蹙一蹙眉。那時，就像世間女子一樣，我便乘機嗔怪他的冷落，轉身走開，坐下牀邊。可憐的許仙，往往嘆了一口氣，我聽出無奈，他這人，是的，他還是一個人呢，老是拿我沒辦法，祇好離桌走至牀邊再三道歉，說盡了人間好話來哄我，直到我一笑為止。那時我又會是賢妻的口吻，催促他趕緊歸桌，他總是遲疑坐著不去，怕我怒氣未消，那時，我端詳眼前人，心中有了一股憐意：我是何其幸運遇見了一個好欺負的人，而許仙呢，何其不幸，碰上了我，祇能由我來欺負了。

我的欺負不是沒有原因的：人在愛中，愛便是不能被忽略的事情了。就為了獲取許仙的愛，我祇能折磨他；就為了一再確定那一份愛還在，我對許仙的折磨今生今世恐怕是不能停止的，他會明白嗎？我望著許仙歸桌，一副為家計操勞的樣子，我也得是人間好妻，抓起了該縫補的衣物，捏好了針線，聽著算盤又是一陣踢踏響，當作階前點點滴滴雨，奉陪到天明為止。

然而，此景此情還能再有嗎？別的我不能挽留，雙手一伸，我就祇能鷹攫住許仙的雙手，數顆佛珠凝結我們拳頭之中不動了，掛許仙嘴邊的經文隨之一斷，我以為許仙勢必睜開眼。沒有，祇見他的一抹冷唇懸空在臉上，它有它的拒絕，我無法湊前去。許仙分明意識到我的存在，我的手掌一動不動，充滿著伺候，就覆蓋在他手背上，但覺一股血肉的熱溫，暖著我的掌心了。別的都沒有了，就祇剩下我和他手掌與手背的依偎，從來我覺得累贅的四肢，原來可以充當一種觸鬚，為我探得一點感情的餘溫。

經文聲斷，取而代之者，一股劈卜劈卜聲，我聽見了人身的恐懼，許仙的心跳。一陣欣慰之感來了，想起了那一小部分的我，那一顆蛇膽，就在他體內與他的心一起共振動著。待我真的離開這個世上時，一小部分的我將繼續與他同生共腐朽，那是我不能說出的最後的勝利。

待要歡喜時，卻見許仙馬上重拾那似乎牢記於心的經文，祇聽，那誦經之聲轉急又轉快了。眼前人到底是我熟悉的許仙，一個懂得害怕的人，他是在逃避了。想必，法海叮囑他非得如此對我不可，也可以想知許仙的定力根本不足，祇要他的肉眼一打開，一切就會鑽入他的心底生根了。本來，我就喜歡許仙之不耐誘惑——至少是我的誘惑，不然，我們當初怎麼開始呢？人間的愛，也許就是從眉眼之間接受誘惑開始吧？我一直覺得許仙是我在人世的一種考驗，當然，我不曾想過，之於許仙，我何嘗不是他的一種考驗？

許仙原本就不是金石之人，人間肉身豈能一直自持不移？待要湊近許仙臉孔時，眼前一朵火焰閃了出來，是法海披著袈裟的身影。祇聽禪杖「篤」一響，一陣環環相碰聲隨之而起，一聲吆喝聲朝我而來，說，白娘子，當斷就斷，不然，誤人誤己。念及許仙閉目拒見，乃法海的教唆，我的怒火不禁一起，人間有了波濤，祇見殿外一陣吹風捲浪，蟹將領著魚兵蝦卒，紛紛來到門檻以外候命了。法海顯然無懼，繼續說，卻是對著許仙了，你莫睜眼，一切祇是夢而已，哪怕你聽見了大風大浪。

難道，過去至今，我祇是許仙夢中的影子？我們有過的一切，不論悲喜，統統都不算數？就憑法海這個禿賊的三言兩語，我這一遭的人生就要被否定掉？人間有夢，就為了讓每一個人歷歷活過的生命變成虛妄？

唉，聽了進去的話，便不能不算數，我心中那一座雷峰塔又搖搖晃晃了，還是過去至今，它根本不曾動搖過呢？

老天，給我一點真實活過的肯定吧，我已經不需要夢了。眼前這一張臉，這一副肉身，是剩下來的唯一憑據，我需要觸摸一點現實，我伸了手出去，生命也許便不是水月鏡花。我的手，就是通往現實的一道橋了。可是，一切顯然不對了，當我的手指觸及許仙的臉頰時，碰上的，卻是法海的那一句話，便有了剎那的凝止。甚至，我以為如此凝止不動，便是一種擁有了。那以後呢？我的手祇消稍微離開許仙的臉，我們就是兩岸，一切又會渺渺茫茫起來。

即使是夢，我也得摸出夢有一個清晰的輪廓。這個世上，已經變成一個不足的世界，不論多少的觸摸，多少的凝視，多少次的確認，老是有一種匱乏浮現心上，我已經不知道什麼是切切實實的擁有了。

許仙離我很遠很遠了，是一種超脫？一種痛恨之感來了，我不能就給他丟在這樣的境地，即使是沉溺了，也得拉他下水，一起沉到底。愛情的手勢，不能不改換了，我緊緊擁抱住許仙。

此時，法海一聲怒斥，佛殿之上，豈容妳放肆胡鬧。佛無垂憐意，我祇能如此，還能怪誰呢？人妖既是殊途，我還得遵守人倫一切？數個念頭一轉，大水一波又一波洶湧，跨門檻入殿來，蒲團都做了點點浮萍，祇有我和許仙無懼人間波濤，既然在他一切是夢，我又是個不死之身，我們還害怕什麼呢？同生已經不可能，就讓我們在人世大夢中共死一遭吧，哪怕到了最後死亡終究祇是一種體驗，我也得經歷經歷，才不枉夫妻一場。

胸口有那麼一處，突然凹陷，又回彈上去，如此再三，醞釀出了一種難受。須是好多年過後，我聽見在雷峰塔上一對情侶鬧分手時，男方口吐「心痛」一詞，我才明白過來，胸口上這種感覺也有一種稱呼。

水一寸寸上來，過了肩膀，到了脖子上，圍成一圈的枷鎖，緊緊掐住了我和許仙，移動有點困難了，那麼就讓那漸漸高漲的水勢把我們纏得更緊更緊吧，人世就衹要一點呼吸就夠了。終於，我可以跟許仙一起交付給更大的力量主宰，長久以來的疲累頓時一鬆，頭髮披散開來了。

就在此時，耳邊一陣獵獵響，魚蝦們紛紛抬頭，我跟著把頭一仰。大殿之上一抹又一抹彩色祥雲緩緩而降，是天兵一人一把火炬，風亂火舌，盔甲眨亮。望許仙喃喃的雙唇，再看眼前一片不興風浪的死水，都是明白的心意了。我不禁一笑，衹聽有人左一句右一句「業畜」，不待我回上一句，衹聽蟹將轉身對眾魚蝦兵卒說，我們衝上去吧。

水族們響應了蟹將的號召，身子紛紛一躍，掀起了一道又一道高浪，勢要擄捲天兵作江河腹中物。眼見眾浪湧了過來就要滅頂，雖是不死之身，我心中到底一凜，緊緊摟住了許仙，眼睛跟著閉上，默默受死是何狀況，至此有些明白了。恐懼還來不及完全現身，又縮回內心了，此時一股出奇的平靜纏繞起我，耳際乍然沒有了聲息，廝殺已經是遠方的戰火，目前彷彿真的與世無擾了。我一睜眼，已經在水底了，衹見一串水泡從許仙口中吐露，他似乎吐語成珠了。一道道天光斜照入水，幽幽映出許仙入定的面容，是退了人間煙火氣，打上了一層天水色，顯得無比澄靜光麗，那已經是一尊船難沉到海底的石佛，聖潔而不可褻瀆，我們之間的境界有了懸殊之分。我手一鬆，放開了許仙。稍遠一看，彷彿我從來不認識此人。難道，我對眼前人就祇有一些皮相的認知？

許仙臉上出現了一搭又一搭晃動的黑跡子，我循著來處抬頭一看，祇見拉得越來越高遠的水面上，有了點點滴滴的浮物，漸漸星羅棋布，吞噬了來光。許仙的頭身入暗去，一切快看不見了。即使是夢，我祇怕那夢會成真，我不能放由許仙一人在此，須是一起浮沉才好。我抱著許仙緩緩而升，並頭破水而出，觸目都是哀傷了。天兵朝魚蝦一一揮動火炬，形成一個又一個火圈，未能閃避的魚蝦，一個碰著，黑了鱗，紅了殼，重重墜落水面上。蒼生無辜，死傷早已無數，我該怎麼辦？

天兵敗退了魚蝦，風浪便告止息，江水恍如一匹飛速捲收的布流，速速然退出門檻之外，祇剩一隻螃蟹急忙橫行，要趕上撤退的末流。天兵瞥見了我，即衝著而下，祇見他們臉上的雙唇忽地撮尖，變成了鳥喙；雙手一張，羽翼頓時豐滿起來，竟是化身一頭頭金鷹了。我捨許仙一旁，徒手與圍攻我的鷹群周旋，怕要不敵利爪的襲擊。顧此失彼，我護著肚腹當兒，人身其他處沒有防守，就祇有挨道兒的份了。身子隱隱側痛，低頭一看，兩隻手臂早已被啄傷了無數口。一陣巨大的冷風飛撲過來，儘管知道即將發生什麼事，腳步卻是一個踉蹌，我跌倒地上了。肚腹朝天，等於暴露致命傷了。果然，死亡可以是一種預言的完成：先是預見，然後等著碰上。

鷹群鼓動著兩翼，羽色迎日散發一束束令人無法睜眼的強光，也是一種武器了。我聽見了一聲聲姊，姊。待我稍能睜眼見物時，祇見一片羽海之下，小青覆蓋我身之上，要以真正的血肉之軀代我受死。

真正的人身難得，我推開了傻小青，由著一雙雙利爪掐住了我的四肢，讓我再也沒有反抗的餘地。從來，死亡就祇能在沒有反抗的餘地之下發生，好不容易，我已經走到了這一步。腹部一陣一陣真實的痛湧了上來，既然沒有了反抗的餘地，我便可以謝絕疲累的反抗。默默受死就要發生。不知何故，我心中老是迴蕩起如此一句，要當一切從來沒有發生過，我們就讓它先發生過至少一遍吧。

肉眼之中什麼都漸漸模糊，不見了——包括小青，我自己，以及我們所依附的整個世界。這就是千百年來人類畏懼而忌諱提起的「死亡」吧？五光十色，一陣目眩，轉為空洞的黑暗，我連目前都沒有了。我祇記得自己對小青說了這麼一句，妳是一個真正的女人，以後好好愛吧。

眼前徹底一黑，心眼卻是一亮，我看見一把巨傘打開來了。生命，就是不知不覺降臨，我站昔日斷橋之上。

# 七 塔下

雄黃酒，使我現形為蛇；愛情之於我，也無異於雄黃酒，致使我發現蛇性以外，我還具備了人的本質，可以等待一個人，追蹤一個人，為他頻頻折腰。我現在已經心如平湖，我已經失去了，從此再也沒有什麼可怕，因為我別無其他可以再失去了。回到了地平線下自己的世界裡，我有一種圓滿的孤寂感，我從前畏懼的，正好就在此地一年一年學習面對著，這就是人生吧？祇是，那可憐的小青不知流落何處了，有人傳說她殺了許仙，從此回歸山中隱居；有人說許仙真的遁入空門，削髮為僧……總是有人說。

我都不清楚。

水淹金山寺之後，翌日我就在此地了，給打回了原形，生生死死，都祇是一層層的蛻化。人間的死亡，哪怕我讓鷹群掏空了肺腑肚腸，也終究祇是一種撕裂的體驗而已。我何其有幸，一般人體驗了死，連死的記憶也一起化為塵土，我還能有所記憶；我又是何其不幸，未能徹底領略死是怎麼一回事，變成空談生命而已。事實就是如此：當妳還能寫還能談死亡時，祇是顯露妳是死亡的外行人。

傘是收了起來，我看不見天上的雲色，也不知人間的雨色了。起初，雷峰塔如有腳步聲，我或會按步不動，以為故人舊地重遊，帶著我那一顆還活著的膽囊。久之，一次次失望乃至絕望後，我說服自己，最好的重逢就是不期而遇，就像昔日斷橋上，我讓未來的驚喜取代了我一日又一日的煎熬。

從此，生命有了放心，雷峰塔便恍如一傘，我開始接受了它的庇護，從前的夢成真，我應該感激它給我夠長時間做出心理準備；自然，你也可以說，我被「鎮壓」住了：我已經懂得換角度來思考人間諸事。結廬於此，晝夜瓜分了一日的光陰，春夏秋冬四季組成了歲歲年年，我的生命起初無以為繼，思及文人蘇軾、林逋、白居易、張岱等人，他們都曾書寫與西湖相關的作品，我何不牛刀小試？有時，我也會懷疑：難道，當初是為了寫作這一篇才戀愛，還是戀愛後有感而發，才有此一舉？

我也分不清楚。

我一手按著紙張，執起了一管羊毫筆，一行行寫了下去，偶有不順時，諸如忘記字怎麼寫，構句不成，筆懸半空中，也就明白了寫作的掙扎是怎麼一回事。抬頭眼前，四壁祇有一盞燭火映照，我始終保留了這樣的情調，卻不得不承認，心中老是會記起從前臨窗書寫的那一副身影。我問我自己，我為何手上非得握一管毛筆塗塗寫寫這麼累？

也許，在這個世上，失去了一個人，剩下來唯一的辦法就是把自己變成那個人，好重新得到他。我嘆了一口氣，筆又動了起來。我一點一滴設法揣想當日窗邊人的心緒，彷彿我真的就是他，昔日那個借傘者。就這樣，從一個盼等作品閱讀的人，我變成了一條用筆書寫身世的蛇。我從來不知道許仙熬夜搦管寫過什麼，我已經無緣一睹，我祇能寫我所能寫的，記我所能記的。寫著讀著，但覺人生的夢幻色彩稍微告退了一些，我似乎開始相信我過去的人生就是如此。我寫，原來就是為了說服我自己：不論虛實，我以為自己是這樣活過了。還好，每一個人的生命，永遠都是片面之詞，全面與否的問題可以置之不理了。

自忖寫完後，我還寫另一篇嗎？據說，世間每一位作家，一生所寫的眾多作品，主題祇有一個，他至愛的作品也祇有一部，餘者不外練習簿。我生活了一千多年才攢足了人生經驗，全部運用下來，就祇夠世人所謂的這麼一篇私小說作品罷了，實為可悲。寫了出來，也就夠了，不斷地修改，不斷地補充遺漏的記憶，恐怕才是我今後的一種修行。

晚鐘，那南屏晚鐘又響起了，回聲一層一層擴散，鴉群紛紛避匿四處的花木上，每一下，我聽來都是一記人世的警鐘。雷峰塔置身於夕陽的光芒中，佛一樣鍍上了金妝，我也祇能想像，那應該是一天最為輝煌的時候了。擱筆於此，我很快又要履行一場長期的休養，春天還看不見，冬天確實不遠了，到時我便可以蜷縮著身子，點滴不漏，慢慢回憶昔日，以供修稿之需；那也好的，我已經沒有夢了，祇剩下那容許我好好睡眠的回憶，過往的種種不受夢擾，也就分明鮮活了。

至於寫壞了的那些零散的草稿，就趁冬日，和著檀木，拿來一起焚化，取一取暖吧。一千多年來，這樣的日子沒有例外，清冷中還有一些餘火總是未熄，宛如斷橋之上年年有殘雪，也有我和許仙無從細究的傳說在人世間流傳，改編，上演。

原載《星洲日報》，一九九八年七月十九日，第五屆花蹤馬華小說推薦獎

# 世界

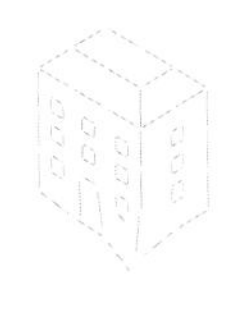

一

男孩站洗杯處泡浸一池大小的香港女皇頭郵票，瓷磚牆上釘了幾溜木板供擱放透明玻璃杯、牙黃小瓷杯，有一物小燈塔似的倒立著。東西就在那裡，永遠是伸手可及的地方。

二

一雙大眼睛說，還是你自己動手吧。另一把聲音向來口齒不清，大概一口齙牙的緣故，附和著說，就看看你穿什麼顏色罷了，快脫。也曾試過蹲地上好防前後襲擊。

當時那一雙大眼睛夥同齙牙對男孩說，不玩了。那大眼睛上前扶他一把，齙牙便趁勢一扯，又當街喊了一句，哇，他還是沒穿。

## 三

一條灰路老遠便報知腳步聲。男孩逕自走去馬房後，由著身後人跟了上去。當然，頭不能回，眼神也最好迴避，他從來就不擅長操縱自己的靈魂之窗，別人一望，心思就一覽無遺。到了此時，一雙耳得乖乖聆聽。這是一次的糾正，把從前有所遺漏的，統統聽回來吧。祇聽，一陣腳步退了，又一陣腳步聲急速踩著草地的爛泥趕了上來。頓時，男孩渾身上下頻頻縮脹，都是心跳。腰間一隻手來了，身體一驚，已經不容侵犯了。

男孩手一伸，褲袋中掏出一物，推了開關，左右照射，無聲割裂一片黑暗，兩副身影滾了出來，祇見他們用手擋住突如其來的一點強光。男孩不需要全知，光是一知半解，就夠了。他不能給這個世界一個機會來解釋自己的行為。男孩握著那一把手電筒，轉身便逃。黑夜張大了口，他不能回過頭去。

## 四

那一雙大眼睛是說過的，你放心，就我一個人，他沒跟來，我就知道你會來這裡，那已經是當初。今天男孩心下另有話語按下不表：今天，我也清楚你還是會跟來這裡。

## 五

長長的一條夜路，也許有人喊他，也許那祇是一廂情願的幻聽。出了橋，沿著那一條無聲的大溝渠便可以轉跑為走。男孩停步塞了小手電筒入褲袋，掏出了手帕，把眼淚擦乾。預期的痛快祇是一瞬的火花，已經熄滅了，倒是那叫他意外會有的落寞之感，已經是個瘦長的黑影子。當然，落寞為何物，他還不會知道，男孩祇感覺一種灰暗的情緒，他走到哪裡，就默默依附著到哪裡。對了，電影中的英雄事成了，就是這樣孤身走路。

待快到小店附近，遙遙看見燈火，那便是一片大部分人類一起的大陸了。身後跟隨著他的，是不能直接打個照面的黑暗，還張大著口。夜裡上空透白，是海鮮煮炒檔口的炊煙，一蓬蓬都是生機。男孩停步下來，深呼吸。他得從容緩步走去，不能讓人有點起疑。

## 六

有一回大眼是做過這樣的事：走到他面前來，猛地一脫，說，快看，我沒有欠你了。那時他是投誠，還是引他入彀？

## 七

覷著母親將咖啡捧給客人當兒，男孩一雙快腳鑽入了小店後頭，頭一轉，舅母恰好瞥見了他，嘶起了嘴。顯然，他不是別人心目中的乖孩子。趁母親尚未入店，男孩忙將那一把小手電筒擱放原位，那樣，停電時，母親點燃燭火應對之前，可以先靠此把蠟燭摸找出來。當然，當了小偷就得記憶好，哪裡取哪裡放，不能破壞這個世界的秩序。

東西放好了，人也該待在原來的地方，等母親再發現他。久久，不見母親回以一眼，她自忙自地沖咖啡，那動作熟極如流，也祇是動作而已，裡邊沒有專注的情緒。他有許多話想對母親說，祇是，暗中的小勝利是不能打出來的旗幟。男孩坐了下來，打開書包，把功課在桌上攤開來，就一筆一畫寫了起來。透過板牆的隙縫望出去，暗中靜靜的眼睛，是後頭別人家的燈火，不可思議他已經在這裡了。

叩一聲，是舅母走進來，摘下那一頂小鋼盔當兒，一雙手老是魯莽，由著小鋼盔撞了一下牆面。那也是一種報時之舉，男孩一望，時間已經到九點半。男孩用哀求的眼神看了舅母一下。舅母唉一聲，搖個頭，終究走了，算是交由母親處置他這個人。熱爐一股股熱煙冒了出來，他等待發落當兒，卻不能不假裝繼續做功課，外頭已經是不能奔走出去的夜，連冷風都躲了進來，把他擠縮成一團。

## 八

如何形容大眼睛？二十多年後，才有點頭緒：一個躲在微笑背後的人。

# 九

男孩眼角下，一雙瘦長的腿走了進來，筆就一停。才一抬頭，母親一臉正色，他待要開口，母親抓起他的一隻手臂，連拖帶拉，要他離桌。男孩的腰撞到了桌角，練習簿掉下，鉛筆地上翻滾。匆忙之間看了一眼店口，卻是無人可以呼救。很快，男孩已經被塞入廁所，與一口蹲式馬桶為伍，底下就是那一條大溝渠了。母親手抓了衣架，朝他身上再三揮打下去。舉目三面洋灰牆，一面是唯一出口的鋁門，母親已經推至身後，把自己的肉身當成了另外一堵牆。人太大，馬桶排水道口太小，他祇能抱著身體縮成一團，那還不如一條可以鑽下去逃走的屎。

給她打死吧，她也是打死了自己的孩子罷了。一旦這樣想，肉身彷彿不是自己的，疼痛少了。突然，母親手停了下來，男孩偷偷一瞥，母親臉上竟是掛淚。剎那，他們動作一致，聽著外頭有人喊，有人嗎？母親一聲聲來了來了，整一整頭髮、衣服，丟下了衣架，走了出去。他對這個世界難以感激，救兵是來了，不過來遲了，他已經挨過一頓打。唯一清楚的是，祇要還有明天，這個世界不會讓他死，還會折磨他。

男孩走不出廁所，那遲來的救命恩人他看不見她的臉孔，他祇能當個不知感恩者。憑那一把低沉遲疑的聲音，來者該是一個歲數不小且膽怯的女人。親愛的恩人一定不會知道，隔了一堵牆，有個孩子躲廁所裡邊，就像母親不會知道，不過數十步以外的地方，他這個孩子到底遭遇什麼事情。這個世界，到處是牆，到處是看不見臉孔的陌生人。

## 十

所有的疼痛不過像昔日他家的門檻，不論多高，總可以跨過去的，不然，就踩著它跳下去。

## 十一

男孩一手拗開大冰箱的左扇門，身子半閃了進去。男孩鼻前是霧濛濛的玻璃面，他伸手胡寫一些不成片語的字母。食指經過的地方，形成了一抹又一抹水痕，紛紛掛下直流，在水氣之中開出一道道明路，慢慢撕開了片面的街景。

守在灶台忙弄一切的母親見狀，又喊，你還不關上冰箱，我還等著用冰塊，你是忘了昨天那一頓打了？男孩一巴掌拭抹玻璃面一圈圈，一切清清楚楚了，對街戰前老房子燈柱下有大眼的五短身影，朝這裡望過來。似乎，他將手當作了筆，一揮灑，大眼就現身。祇聽母親又催促，再喊，你這個孩子真是的，關上門，不然，冰塊就要融了。

一蓬蓬的冷氣又湧現，玻璃面霧濛濛了。街心無車，頓時一靜，無意加了這樣的噴霧效果，大眼似乎從一片大霧中，朝自家小茶室奔來。男孩把頭移出冰箱，外頭煌煌然一片，一寸寸都是當下分明的光陰，對面一排戰前老房子的門窗緊緊閉著，把烈日拒於屋外。

母親弄了一包咖啡烏冰，來者付款，拎在他手上，塑膠袋中的冰塊溶解，化為滴滴答答的冰水。來者有聲有息走近他的坐位，祇聽，他回頭對男孩的母親說，安娣，我們出去一下。來者竟然膽敢開口，光明正大要從母親的世界裡要人。男孩不敢看母親的臉，頭不曾抬起來，聽取了一陣的沉默。來者加插一句，打破沉默，說，我們去不遠，就在附近。祇聽母親說，你去吧。是的，那是對他的大赦了。男孩還來不及收拾功課，來者已經拉了他的手就走。

## 十二

老早便覺得一切有點不對了，那身後魂的口氣，還有那一股體味……不祇他和大眼睛，還有第三者。母親是說過的，你不是一個聰明的孩子。他祇好有備而往一次，抄走了那伸手可及的一物。

## 十三

好，且聽來者會怎麼說，男孩走在大眼身後，想著，我會給這個世界一個機會。錫克族廟內那一棵菩提樹下，男孩就祇是低下頭。眼神接觸，他突然害怕，那一點眼光，什麼情感都會滋長，什麼都可信了。來者說，我也沒有辦法，我是他的弟弟。這個世界已經要求同情了，男孩捂起自己的耳朵。對方在他頭上說，你不相信我說的話嗎？面對這個世界，男孩很想出聲哀求，對一個不聰明的孩子，別再出難題，好嗎？

「咯咧」一聲，眼前人一把小刀片在手，速速掀起了短褲管，露出了日曬不及的左大腿，就在一片白皙中割下斜斜平行的三劃，還擲下一句：這樣，你還相不相信我的話？男孩完全給這個動刀之舉嚇壞了。那三劃口子慢慢滲出血來了。男孩情急之下，掏了自己的手帕覆蓋上去。

來者說，下手很快，就不覺得痛了，手帕還你。男孩說，手帕不能要了。眼前人終究把手帕塞入男孩的掌心，再將黑色褲管覆蓋下傷口，啪啪了兩下。男孩倒是正起了臉色，怯怯說，小心破傷風。眼前人笑了，說，剛買的刀片，沒事的。

就為了有所證明，眼前人去買一把刀片做下這樣的事情？不，眼前人是模仿他有備而來，褲袋中先塞了一物。這已經是個刀片劃破過的世界，謊言卻還牢不可破，一層還有一層。眼前人似乎還躲在一臉微笑的背後，問，你怎麼這樣看著我？

不待男孩回答，眼前人牽起了一彎的微笑。男孩想，英雄到底也不容別人太熱烈的逼視。男孩覺得自己得走了，再看下去，也無法從眼前人身上真正逼供出什麼。他知道自己不是一個聰明的孩子，鬥不過這個世界，眼前人欺負有理。祇聽菩提樹下有人問，我還可以找你嗎？

見男孩有所遲疑，眼前人笑了一笑說，我還是會來的。聽在男孩耳裡，彷彿表示，我不會就此罷休。不論如何，男孩至少得先轉身背對這個世界，他看不到菩提樹下的人，就暫時安全了。

待要走出去時，祇見一個拄杖錫克族老人恰好走了進來，瞥見了他，滿臉怒容，舉起了拐杖指指點點，對著他喃喃一番。突然一念，要是老人發現那人在裡邊的話，會怎樣。男孩苦笑，他簡直多慮，那人自有應付這個世界的方法。

男孩對拄杖老人祇是歪嘴一笑，疾步擦身走他自己的路。那老人能拿他怎樣？他已經進出過身後那一片禁地。對這個世界，他祇能這樣耍無賴。到了外頭那有生以來走過無數次的回店路上，他像剛剛脫綁的人，陽光有點不該，這個世界太亮，每一樣東西鑲了一道光，處處都是刀刃，他得避而不見。還好，這不會多久，那兜頭兜臉籠罩下來的那一口黑麻袋，就要束緊袋口了。

男孩手心一鬆，掉下一物，先是一團，它彷彿有了自主的生命，慢慢弛張開來，卻已經是滿是皺褶的一方。男孩撿了起來，捏成一團，往大溝渠丟去。在空中，那手帕翼張，下沉，貼水面上。過去，母親說，你怎麼老是弄丟手帕。從前那一次次遺失，都是無心的；這回，看著那一條手帕隨流水漂遠，他突然很想對這個世界說，我是有意的。

男孩鑽入了店後頭半晌，乍然一驚，他究竟還可以走到哪裡去？祇要一天還活著，那人就掐住了他的咽喉似的。他說過，不，那是放話了，我還是會來的。男孩一身不禁顫抖，這個世界不會就此放過他，昨天不是一張張可以馬上撕掉的日曆，那是走到哪裡都跟著他的天地，他始終還在裡邊。那人，該死。

突然，「砰」一聲巨響，祇見店口外的客人紛紛離桌。男孩低頭良久，一雙手拍了一下他的手臂，說，你朋友出事了。不過一念，這個世界就已經準備幫他滅口，男孩站原地久久不能動了。

## 十四

一隻粗手曾經伸入男孩褲袋，捏著手帕的一角，慢慢抽了出來，那是一道可怕的戲法。藏著的心事，被看穿了。

## 十五

不遠處小瀑布一瀉而下，順著一片梯田狀的石灘奔流開去，大小石頭靜靜受著安撫。一個中年人坐大石之上，釋放手上那一卷讀物，封面便閃入身坐一旁的男孩眼中，有幾頭馬兒正跨欄。

# 十六

二十多年後的峇里島。眼前燈下，有一張老男孩不得不面對的臉孔：闊面，大眼，厚唇。老男孩掀起了衣角，便透露腰間另有一個米色腰包藏著，他掏出了兩張還是上一趟旅行剩餘的五十新幣。這恐怕是個不能解釋的誤會了，馬幣境外不被接受兌換，他就暫且冒充別人眼中富裕的新加坡人吧。

光頭大漢一雙大眼放出兩道白光，瞥了一下老男孩，才拉啟抽屜，從中取出一大疊面額兩萬的綠色小鈔。光頭男一手壓住了鈔堆的一端，一手掀起了鈔角張張點數。老男孩囁嚅，問了出口，為什麼不是紅色的十萬大鈔。光頭大漢抬頭祇有一句，這個比較好用。

光頭大漢埋首從頭再數一遍，就把第一疊綠鈔交給老男孩。老男孩從來就怕當眾數錢，還是匆忙數了一遍，便擱一旁。光頭大漢又拿了起來重新點數，此時，老男孩巴不得趕緊數完手上第二疊綠鈔。背後始終一陣熱，似乎有眼睛盯著他，老男孩一踏入此小店後，便沒有回過頭去。

空氣是低壓的，頭皮與屋頂彷彿一線之隔。一切似乎刻不容緩，有點喘不過氣來，老男孩竟是與光頭大漢較勁。雙方一數完，老男孩拿了光頭大漢交來的第一疊錢，連同手上所有，一起塞放錢包，才匆匆步出了店外。而背後呢，但覺有幾雙眼睛似乎不曾抽離。待混入街上，走了一段路，老男孩才回過頭去，像脫綁者那樣鬆了一口氣。這時，他才能對自己承認，就為了異地一次街上親切的招呼，以及貪圖免佣金，他已經到過一間沒有執照的黑店。

他們不過要錢而已，能把他怎樣？到了此地，他什麼都沒有，祇剩一條也不見得寶貴的命。一旦自暴自棄了，生命似乎就不受威脅，可以大步跨前。老男孩越過人群，拐入一條喧鬧小巷走四十步，見一電線柱上有旅館的指示牌，右拐一條寂黑的巷子，牆頭上白晝可見的椰樹，祇剩下一球又一球的黑色剪影，伸向了幽藍的夜空，充滿探測。此時，心下的懷疑不過是一團模糊，卻還沒有成形。

摸至巷尾旅館，上二樓房間。插了房卡，燈照四壁，這個海島馬上對準他，把它黏答答的鼻子湊了過來，那是一陣潮濕的霉味。老男孩坐牀沿環視一圈，還覺幽黯，便伸手旋開牀頭壁燈，取了枕頭靠背而坐。心中一團懷疑已經成形，那是一雙黑褐色的快手，緊緊揪住了他。老男孩打開錢包，抽出了綠鈔一數：是的，從中抽取了兩張，共兩萬印尼盾。這個世界已經出過招了。

翌日清早還得重經那一條街乘搭小巴北上中部山城，祇怕又會給那個光頭大漢逮獲，那人想必會若無其事站街邊笑一笑，照例跟他打個招呼，這個世界看準他無法戳穿它，就始終戴著一張微笑的臉孔對著他。

一夜不成眠，乾脆下牀，草草整理行李擱地板上。老男孩坐牀上等天亮，拿出了手機，按鈕開機。一封封的短訊傳了進來，其中一則寫著，我還是想你，明天我們一起出來吃飯，好嗎？他很想回個短訊告知，親愛的，我已經滾到了峇里島上，你伸出的爪牙，再也無法把我抓住了。

人活世上，如今最後的防線就是手上這一支手機，決定權也在他手上了。他向來不接受隨時隨地的電話襲擊，祇好再度關機了。大部分時候他祇在有心理準備之下才開機閱讀短訊，好讓自己有充裕的時間可以再設計臺詞。面對這個世界，他從小就不是可以臨場發揮的好演員，更糟糕的是，到了該上陣時，他常常連那背誦已久的臺詞也統統忘光。那時，他祇會無言站著，不然準備一逃了之。然而，他逃得了嗎？

## 十七

齙牙坐副駕駛座，男孩身邊的大眼有點累了，不然就是車子搖晃，把一頭獸給馴服了。大眼頭往後仰，露出一截粗短的脖子，打起小呼嚕，平日的爪牙統統收起來。

男孩瞥了一眼低下頭來，窗外來光照出了他手上發亮的小宇宙，那是裝有孔雀魚的好立克玻璃罐，裡邊有一些微妙的追逐，他居高臨下，清清楚楚，都是時光。

## 十八

少年車禍後那一段日子，男孩不曾開口，母親也不曾把他帶去醫院探訪，大概母親也隱隱認為他們兄弟倆帶壞他，索性以一身忙碌的姿態當作拒絕，好讓一段關係從此了斷。那個未死的少年不是也說過的嗎，我還是會來的。果然，那一副五短的身影就在車禍傷癒後手握一個鋁壺再度走了進來他的天地。男孩的眼角與雙耳充滿了來者的動靜，一旦察覺回眸來光，男孩的目光怯怯然趕緊閃避。對著那未死的少年，他可以有太多準備的解釋，可是在這個世界面前，他既然臨至開口時永遠是個啞巴，那麼，就乾脆先當作什麼都看不見的瞎子吧。

祇是，這個世界做了什麼，還是一再邀功，總要讓男孩目睹。某日黃昏，一輛貨車開來，在對面理髮院鏗鏘響搭起了喪棚，門廊柱子上的天公爐也蓋上了紅紙。男孩忍住一肚子疑竇暫且不問，待夜裡小店打烊後，跟母親坐乘三輪車打從燈火通明的喪府經過，往車窗外瞥了靈堂照一眼，那可是昔日坐大石頭上手握一卷的壯年人。母親祇是淡淡說了一句，聽說，在馬場腦溢血死了。

上了中學，母親要男孩課後回家，不必來店裡幫手；小店偶有人手不足，母親下了聖旨，他才上陣站崗招待客人，那便是他們可能再會時。少年再一次橫越那一條馬路，祇是他們之間還是有著沉默的距離，再也無法分享孤兒心聲。一年年過去了，祇見少年長得更壯實了，不過亡父那一點基因倒是替男孩在高度上爭了一口氣。少年高中後輟學入理髮院隔壁的冷氣行當個搬運工人，男孩聽母親提起時不露一點表情，心下卻有不盡的惋惜低迴，大概家道中落了，一個比他還聰明的孩子葬送了。遙遙隔著那一條早由雙程改為單程的風車路，祇見少年揎起衣袖，肩膀上扛著一架冷氣機，那就是《慾望街車》時期的馬龍白蘭度，不過是定稿了的五短身材版，再也不會更高了。

從前的事，老男孩以為暫且儲存故鄉島上，還是這一回來到了此地，才驚覺自己尚未棄離往事，一起帶了出島而不自知。出了島，生命也不過從一張牀流浪到另外一張，並遇見了不同人，總是在逃的狀態。祇是，這回他逃得了嗎？逃不了的話，眼下這一支手機就不妨開啟迎戰，畢竟有了空間的距離，就先有了小小的勝利。才一抬頭，便見晨光跨過了陽臺，一寸寸來到了腳下，這個世界已經開始把新的一天掛了上去。老男孩手一按，一聲訊號，又一則短訊溜進信箱。老男孩讀後一個抬頭，與梳妝臺的鏡中人霍地打個照面，對方一臉鬍渣，已經是個通緝犯的樣子了。不論追獵了他多少年，這個世界到底還需要一個禁臠繼續活下去，所以開口問：你還愛我嗎？

原載《星洲日報》，二〇〇七年五月二十日

# 擋路貓

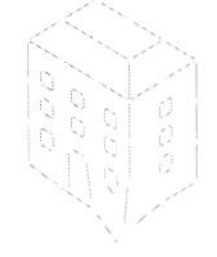

大蜥蜴還沒有爬出來，車後座的小公主才剛剛入睡。夜歸的車子自高速公路左拐，便上了一條暗通小山坡的雙程窄路。一會，車前燈的觸鬚有了微小的發現，大玻璃窗即來報知：看，就在二三十步之遙，有東西一動不動。再往前駛去，形跡分明了，是一頭擋路貓。

那貓，完全不見臉影，祇見一脊高踞的背影，所站的位置不偏不倚，就是那不分界的路中心，一時左右無法通車了。男人能做些什麼，無非將車煞止那貓背之後，就離牠三幾步，等那貓背多少能感應車前源源不絕的熱光，好讓出一條流暢的夜歸路。

結果，那貓（是呆貓？），久久並無去意，似乎祇是踞望自己頭頂上沉沉藍夜那一輪暈黃的月影。車來貓閃，本來就是極為自然的事情；這一頭擋路貓卻不是這個樣子，牠似乎有著自己重大的想望，就這樣做了路霸。要按車笛不難，祇怕一嚇，貓跳貓叫，就劃破了夜晚大好的深靜。車中掌駕駛盤的男人跟女人祇能雙雙悶坐車中，坐等世界挪移下一步棋。兩人由著那沉默，那大家願意歸究於疲累而生的沉默，蔓長出了鬚根，將自己緊緊扣留原來的車座上。

後來，棋局到底解了，人歸那三房一廳的小公寓，女人坐對鏡中塗抹了一臉的卸妝油，朝背後（或鏡中）那已經脫成一頭馬來貘樣子的男人說，還好，那貓不曾轉過頭來，誰知道那貓有著怎樣的一張臉孔？這就是女人的惡習：聲音分明對著身後男說話，許多時候，看來倒像是對著鏡中自己說心腹話那樣。

是的，人以車作為自己的盔甲與那貓對峙越久，小小一頭擋路貓，似乎也就更加不宜在夜下回過頭來展示那充滿懸念的底牌，牠的面影。男人何曾不怕？他就祇畏怕那貓並無尋常的貓臉，轉過來，會是一種生命的出乎意料。時間越久，男人越是希望那貓平平扁扁，不需要血肉俱足，祇有剪紙一樣單調的背影，那就安全了。

還好，那擋路貓尚未有機會可以揭示自己，便見一副瘦長的身影闖入車前燈的光束之中，速速然，猿伸了雙臂將貓攬抱起來了。然後，（那同樣不見面目的）抱貓人及其懷中貓，一起退回光照以外的暗中，走向不遠處的草叢一旁：路，乍然又開了，下一顆棋子可以移動了。有好半晌，男人卻是不懂如何回應那突至的抱貓人，連人帶車一動不動，彷彿去了那擋路貓，他這一輛車正好來頂替那貓的位置，成了擋路車。隔著車窗，那抱貓人右肩斜掛下來一個及腰的小包包，也許，這才是來者身材給人垂直之感的主因吧。由於隔著車窗目擊突來突往的種種，那貓，那正步步遠去的抱貓人，都似乎祇是銀幕上的一種投影罷了，很不真切，像午夜場的印象。

車開行，男人與女人經過那抱貓人時，雙雙轉頭瞧了那抱貓開路的夜歸人，卻見對方沒有絲毫回應，祇是頭低，看著自己腳下踏出的步步去路：難道，是鄙夷他們待貓之道？至於草叢中那一貓，車前燈再度搜探的結果，還是一副凝然不動的脊背而已。落在草叢中，即是如石歸位。不，沿用同一組暗喻吧，牠已經是一顆下對了位置的棋子。

歸家後，在灰然的地下停車場打開了車後座，男人眼見女人抱出了一個宜於充當沉默無聲（包括不按車笛）的理由：那跣足的五歲睡公主。女人說，還有一隻玩具熊。之前的沉默開始冰解了。男人屈身洞穴似的車後座內，抓了大熊毛茸茸的單耳，牠乖乖就範，肯出來了。與這同時，男人發現了睡公主的小鞋子早就掉車後座底下，他一一撿了起來，用手撣一撣，蒙塵的上個世紀舞會記憶甦醒了，王子的鬚髮卻已經黑裡透白了。

升降機第四道牆一閉合，沉默又開始凝固成方塊狀，有了鐵一般的寒意：誰都不肯承認適才車中的沉默並非由於車後座有沉睡的小公主，而是人與人（不是人與貓）的一種對峙：兩人當中，其實應該有一人下車驅貓，不是嗎？

回至公寓，女人將小公主及其大熊抱入睡房後，就回主人房坐對鏡子開始卸妝；男人步往那甲板一樣的陽臺，掏打火機與香菸出來，準備燃掉一日的餘緒。十樓望下來，一條上下山坡的寂路停滿熄了燈火的車子，兩排徹夜發光的街燈照見節節車軀。一條寂路，並不見那臉孔成謎的抱貓人身影。手指往菸身一彈，一截灰折斷了，男人速然執起陽臺欄杆上的菸灰缸，半空中穩穩將它接住，菸灰落在它該落的位置上，他回他該回的主人房。

也許一夜應該無事。入抱女人那一刻，本來就有的不對之感，即枕邊人已經是孩子的母親，益發深了，男人鬆開手，背對一個他無法褻瀆的女人，唉了一口氣。他伸出的那一隻手，彷彿已經不是自己的，像是車前那一雙介入光帶的陌生來手那樣。暗中，那是誰的手？眼前，這還是他的手？他所抱的，又是何人？她是誰？壁上滴滴答答的鐘聲，是一連串謝絕回答生命的省略號。

男人對貓談不上喜愛，不比女人自幼家中習慣飼養流浪貓，能對貓說人話。因此，推門下車哄貓，不就非她莫屬嗎？自然，事情果真重來一遍，女人其實也不會下車，就為了他是男人，是丈夫，是孩子的父親，下車除小獸的任務便是他的範圍？想著事情重來一遍也不會改變那事實，連男人自己都祇好用著悲哀自我懲罰。事情不就公平嗎？常常，他企圖懲罰她的同時，不就先一鞭鞭往自己身上揮打過去嗎？

要是餘生之中兩人還（肯）回憶那之前映現車前大玻璃窗（或大銀幕）的那一幕，他們就祇能沉默地活在一種既定的事實中：遇貓那一刻，當時，並無一人（肯）下車。就這樣，他們由著一貓持久地背對自己，然後，一雙陌生的手臂介入，才解圍了。

車，繼續沿著沉默的思路行駛了一整個長夜。女人自鏡中抽出了自己的一張素臉，待要回頭一看時，男人的眼神卻是越過她的肩膀，落在鏡中乍然一身坐處牀沿的自己，鏡中天地並無任何女人的臉影可以搜尋了。暗中，那一隻貓並不是石頭，牠左顧右盼後，邁動了四肢，走牠自己的夜路。原來那一道棋局，又鬆動了。小公主夢中，一隻探頭探腦的東西爬了出來，是童話以外的大蜥蜴。

原載《南洋商報》，二〇〇八年十月七日，首居海鷗文學獎小說優秀獎

# 織女

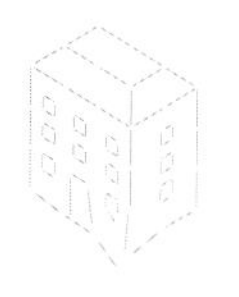

眼前人說，幫我織一件長袖毛衣，米色的。她終究快他幾個馬步（一笑），人在初會之際目光雪亮而神準，早已將來者的形體先做了一番可觀的換算：衣腳百一針，一上二下十五行，再加十針作百二，前後兩幅各百五行，皆作下針，前開V字領，後開淺盆狀圓領，將胸口勾勒而出；長袖，起二十針，一上一下同作十五行，左右邊角各加四針，每三段各加兩針，慢慢加針作扇狀的擴大，八十行上去，餘下二十行減針作袖山，織畢對摺縫接，一隻男人的長臂躍然而出；依樣再織就一隻，剛好湊成了兩袖的瀟灑。

常常，開示求法者時，她總是不願多說，祇放出一句：拿他一件衣服來。聽了旨諭的信女們隔日摸上她跟前來，咯羅響從紙袋中取出贓物一兩件，鋪展白桌面上由她本尊過目，人站一旁神色不定，等下愛情降似的。自她法眼而言之，許多衣物顯然虛報身材，貌似魁梧者可能瘦小，再減一些針數吧，肉體呼之欲出了。從來，那不願亦不屑踏足這一塊女教聖地的男人，祇要太太、母親、愛人做了這邊的人質肉票，總有現形她眼下的一刻（又一笑）。

眼前人說，錢照算。她不置可否，祇是笑，他不是第一個求衣若求符的善男。果真有機會發展下去，衣贈有緣人，還跟親愛的要香火錢？若無可能發展（而需要一刀兩斷），一個女人犯得著先為一個男人付出許多的日日夜夜？時間的價誰付得起？即便付得起，她開了一個價，在人在己，永遠都是開低了價的。難道眼前人並不清楚妹妹卡蒂拜她門下學法的真正目的？從眼皮下望過去，下班後即來此地織守的小妹卡蒂動作如此之緩慢，左右各握一支竹針，右手二指（拇指與食指）拈線，纏繞針身一圈，針抽線掛，才做衣面上微小的一個上針而已。掉了一針時，這小妹往往一臉的痛楚，若捧一隻受傷的寵物似的，將織物遞至她面前等施法拯救之。當然，從小妹卡蒂來學那一刻起，她實在不好意思也基於職業道德問題而不可能告知這一位顯然是愛情的初手一點：新手織就的第一件衣物通常祇是習作而已，像注定要作廢的初戀，久後衣收別人記憶的暗櫃中慢慢朽化作絲絲縷縷。儘管洞悉了天機，眼下也還不宜啟口道破，祇能由著她織，織一簾的幽夢。繼續吧，小妹。

至於她本尊呢，許多時候較為喜歡逛八〇年代起島上便見林立的百貨公司買一件成衣贈送愛人（如有）。除非一個人真的對自己的手藝或者自己的愛人信心滿滿，不然，誰能確定一件費上許多工夫的衣物真的有人肯當作「愛的制服」持久穿上並依戀之？單憑眼前人的一句，她就得耗時費周折滿足又一位竊衣者？在這一點她早已退位讓賢，過了織夢的年齡，動手從來不為情郎，是產物，是貨物，而不是信物；顧客摸上門為人（送贈出國者居多）或是為己要求訂製，師妹圓圓量好了尺碼，幫客人選好了線種線色，由她這一位女織手動工殺青團團毛線，打出一片錦繡交貨。從來，那就不是少女寄情物，也不需要哪怕一點的耐性為情郎，針鉤線捲重複又重複，還來不及深情專注，一件衣物已經必須脫離手中針，掉入尋常百姓家某某手中了。她比任何人都清醒，不迷信為一個人打毛線衣即屬耐心的表現，遑論針針有愛也有淚。祇有那生手，才（需要）講愛的耐心；她講速度，慢者能快，快者如她要慢根本慢不下來了，風急馬速，兩幅衣身好了，再來兩幅衣袖，統統縫接之後，加一圈的領，衣成針收，又是一條好女可以離開針與線的糾纏了。尺碼大小，定準無疑，她目光犀利何曾看錯？她總是快一步，男人尚未牽手，她已經握他的衣袖了。

日日，看守那一批顯然將是末代的老少織夢者乖如綿羊入欄。她總是必須動腦筋實踐麗華姊的交代，趁她們尚未完成一件之前，先慫恿開始下一件，否則完成即屬結束；不行不行，生意（「生命意義」）哪還有呢？就利益而言，一件尚未完成之前又動手下一件，得買另一對竹針了，富如劉太太窮若麥太太，照樣聽話，一一捐供，又賺了。伊娃，這一位老顧客即是如此政策之下最為虔誠的入教者，她未婚（少了一個可以織贈的對象），幸虧電器大商家的父親三房妻妾，需要她這長女勤加籠絡維繫維繫，族中大小一人一件，夠她忙的，數年下來別人家禮拜天上教堂，她報到此地當個資深的老織女，由著毛線滑經指間，都作了似水流年。當然，永遠輪不到她織給她自身，因為不穿或不信自己會穿。一位位入教者也許就像伊娃一樣，不信自己會穿之餘，卻是衣贈親友一件件，念著對方總有穿上的一天，心中那一片暖意就復活了十指的枯木。或者，她們當中有人活熱帶國久之，老是夢想有一天人到四季國冰天雪地旅行時總派得上用場，就先備下三五件衣物。天曉得，國門不曾踏出寸步，倒是先頻頻報到此地過一室的人造寒冬，用生命當炭料。於是面對眼前求衣若求符者，女教主撒謊了：人，有現成的；衣，就要時間慢慢織出來。眼前竊衣賊笑了。當然，她瞞過了相反的一句從來不對哪怕任何一位眼前人說：衣，容易織；人，難討好。

目遇眼前人之前，幾位眼尖的老安娣俯首看管好手下的織物之餘，時時從眼皮下放出一道目光，勢要燭照芳心。明為老織女，暗為孩子媒，都要給她牽線。人前常誇她好（難道，她就可以收費少一些？），露出了一些些線索，說孩子剛學成歸來，未婚，待會就來接她。當然，不過數步之遙而已，這些屬於大好青年的大孩子（是的，不比她是老江湖）可以車停大廈外等老孟母自行步出（那竟是與她絕緣了），當然也可以略付停車費，親身入內盡孝將人扶，就會發現一枝獨秀養在小店無人知（「我就在這裡」）。然而，她這灰姑娘配入豪門？她不過是有家暴問題的膠工女而已，初中程度，幸蒙麗華姊一手提拔授與手藝；離開了這一片教眾臣服的會聚之地，光圈消失，切切是個凡俗之身，能與高級知識分子共話談？看來，她不能走出此片天地，祇好再坐等別人勇闖進來大廈底層（人煙少）的這一片桃花地擄掠之。於是日日坐成一尊不動凡心的女菩薩樣，在織的同時，無疑在守吧，是小學課本那句，守株待兔了。結果，眼前人，一隻老兔（他的生肖）來了，一頭撞在一室女眷的玻璃牆外；換了別個男的，三兩步跑遠了。不，他這一位好哥哥尋好妹妹卡蒂，膽大隔窗放眼將春光細窺，結果，不見妹妹，先見到了姊姊，一派貞靜的妻樣。不知何故，她總覺得眼前人第一眼便看錯了，將她錯看作賢慧的人間織女，姿態終年如此，是能守深閨當賢妻的材料。那真的是她？不過日常工作所需，久坐之，有意無意如此一個姿態現身世人目前了。偏偏眼前人說，我第一眼就愛上妳了。

然而，她實在不是別人眼中的她，就像卡蒂、伊娃、茱麗，統統都是人來此地入教後自取的時髦化名，真正的芳名不詳；其餘已婚者，也非常有默契似的，從來不報上名來，祇道夫姓，都是神祕嘉賓。她祇好沿用廣東人的方式，先冠夫姓後加一聲「太」。當然，自她口中喊了出來，是帶有侍候意味的尊稱了。茱麗，或者那祇是一位自稱茱麗的陌生女人，她一直看在眼裡，宛若黑蜘蛛吐絲，盤占教中聖地一角：她又是誰呢？教中從來不乏人語流長，說是瞥見茱麗夜歸駕黑寶馬，來歷可疑。初來至今，茱麗自供自足，永遠按照自身尺碼打織，手下的棉線（時時能穿，不比那受限的羊毛線）織物與衣色一氣串通作黑烏烏一片。別人但凡出了點錯，語多怨嗔，茱麗祇用英文淡然一句，沒有關係，再來一遍。旁人（那是愚織女了）眼見她當眾將茱麗的黑織物拆解還原作一團鬈髮似的棉線時，無不暗中惋惜，時間都白花了。不，人人來了此地不就為了消耗時間？還有什麼比「再來一遍」更有助於消耗過多的時間？錯了再拆，拆了再織，沒有人較茱麗更得編織的三昧。她，一位名叫茱麗的陌生女人領取聖物似的，坐歸那酒吧式的旋轉椅高處，一線罕言的紅唇緊閉著，再來一遍了。是的，她喜歡茱麗這一句。遇見眼前人，都祇是再來一遍而已。她將一件尚未朽化的長袖舊毛衣（恰好米色）拆開來，肢解了逾期的男形，還原作一粒粒滾圓的線球，按目光收集的新尺碼，重來一遍。身影也許不在，那親愛的新魂卻依附在她手下慢慢成形，變眼前人。男人說，妳有一雙巧手，能織的女人越來越少了。

　　這分明是老天趕在小店準備休業之前再放她一條生路，給多一次機會，遇見了眼前人。女皇麗華姊來巡視疆土，翻一翻帳目（其實也不用翻，這裡近年來向總店要貨不多便知一二），一聲長嘆了之，已經不是一日之事了。倒是這回又見懷有身孕了。

再霸氣的女皇，生了四支桌腳，還得再為夫家添一副桌面。私下裡麗華姊何嘗不提醒她，隨時關掉分店，保胎似的衹要保住都門的本店即可。話裡還有一層意思不說，以她的聰明她懂，是時候功成身退了。顧客中的富太太也有老早慫恿她自己出來做的，願意打本給她看守一間新店。她總是苦笑，能再開一間，這一間老字號還需要停業？剩下的，分明就是一條她再清楚不過的千古女人老路，母親走過的。眼前人說，嫁給我吧，我可以買滿倉的毛線，夠妳不出家門，織上一輩子。

衹是太遲太遲了，一個洞悉天機的人，路還容易走？過去她是卡蒂，將來她也許是麥太，再好也不過像劉太，注定得為夫家添丁一二，長子大了送往英國深造，可能得忙織一陣秋冬裝（織，就是她的本分！能織就得織？），爾後又輪到次子，又不得不將一片母心再形之於衣。人不能相送千里，難道她得靠手下的一衣擴充母愛的疆土，再由著自己費心的織物淪為異鄉櫥中的一件棄物或朽物？不然，過一種日子，就像（她想像中的）茱麗一人摸回臨海的深院大宅，坐下了沙發，摸出了那一袋毛線，一行行拆開來，重新再編織一遍，又一遍的回憶，等又一次的汽車聲與門開聲夜降。再壞，再壞，她也曾想過，不妨成為伊娃第二，坐老搖椅上，由著一袋的毛線像一頭老狗侍候自己腳下，衣成布施族中大小，臨老為善，生命的目的就是為別人服務。衹要她一天還是女人（別人眼中的織女），永無廢織之憂，還可以織上三四十年。當了老太太，孫子總有大小襪帽之需，仍有她發揮的餘地，又可以動針如動武。男耕女織，米衣無憂。換了一個位置（從小店到夫家），她這一門十多年下來日益精湛的手藝，竟祇能為了一家大小織就一籮籮的棄物與朽物？

很長一段時間，她一直超然處於岸上垂憐眾生，這回，倒要真正下水化作眼中人如母親如麥太？麥太，那可憐的麥太，祇能用廣東話「淒涼」二字形容之，卻是故作樂觀長年一襲粉紅長袖衣，最初還不清楚緣故，以為老來愛俏，少女情懷溢出體外。不不不，她（這老江湖）都看錯了，有一回瘀青爬出粉紅袖口外，才明白過來長袖之內另有乾坤。放下織物，她霎時有同為女人之感，頭低了下來，無語握另一位低頭者的手久之。從那一刻起，祇要受苦受難的，原來都是姊妹了。時而那麥太也真是的，叫人牽掛地絕跡一段時間；重來報到時，粉紅依舊，用不敗之身當一道密語，告訴她：總算又全身戰歸了。凡受苦的（受愛情苦者）到此，凡受難的（受家庭磨難者）也到此，香火有了，她的肉身修成菩薩樣，就是滄桑爬滿時。她終於清楚，此處不是傳授小道之處，可以是家暴受害者避難所，將彆扭的愛人、暴戾的丈夫、垂死呻吟的老夫一一躲避。她和麗華姊也許不曾建立一番偉業，至少對於社會也有不少可以立碑銘刻的豐功吧。

祇是，臨至生命這個關口，她方知一身武藝早已不能自立，針織風潮已過了，是時不我與。情勢惡劣至不許她另起爐灶有一間自己的小店。於是，再撐一撐大局吧，一門行業大限來臨之前，她日復一日坐等一個個織夢者隨身攜帶自己毛茸茸的織物當寵物登場。信女們織出何物猶屬其次，祇要人雲集坐處店中，透過那三道玻璃對外展示，當一道夕陽行業的活招牌，總算是盡點綿力與日漸發達的成衣業默默對抗。知其不可為而為之，一群老少織夢者坐成了望夫石其實也無助於翻轉現實，仍是三五來坐來守。在不可避免的鳥獸散發生之前，就先守著這一座城市中最後一塊可以透氣的綠洲吧，好給一群織女可以暫收羽翼棲止。她又焉能先自退陣下嫁作人婦？眼前人應該再等一等吧，他也需要培植一點的耐性，不是嗎？盈盈然，她施出了老練的針法，心思密密縫，化那近乎腐朽的老毛線為針針新裝，又一個新歡在她手下天衣無縫形成了。常常，未能真正擁有一個人之前，她就先盜其形吧。她總是快了一步，畢竟，男人都祇是針數與行數的問題而已。俯首如此良久之後，她終於從手上成形的織物再一次抬頭，舒了一口氣，笑。

原載《星洲日報》，二〇一一年一月二日，第二屆海鷗文學獎小說優秀獎

# 椰腳街紀念日

# 一

第一個牽男孩手上街的人，臉上敷了一層斑蘭草水粉，妝效就像默片演員，與戰前老房子的陰沉，恰好分出了清楚的黑白。跨出了門檻，眼前就是一條半明半昧的路，可以擇走對面的影地裡。

路的盡頭橫著一條單程大路，攔阻了前進的步伐。若越過馬路前走，其實就是一條名之火車路的小路躺在那裡。據聞殖民地時代有個火車站，馬來半島各地之錫米下碼頭，沿鐵軌直運島中的熔錫廠。到了婦人與小男孩同行的年代，非但不見火車，也沒有軌跡。火車，成了傳說中的火車。

人不得不停步佇看：那對過，一棟節節抽長的六十五層「具」字形高樓平地初起中，還沒有成為從對岸歸鄉者的大燈塔。兩人沿街角小人國似的低矮郵政局拐右走數步之遙，就暫收高舉的花傘，放下來且當登山杖，算是準備對一棵老榕樹致敬。人到了那一片綠人面影的清涼境，有雨箭狀的樹鬚垂憐人首，幾縷吐絲試網過路客。樹下，那墨綠處白蓬蓬，有人點了一根菸抽著，是誰呢？

多年以後的男人搜索記憶，找到了。隱身老樹下者是個老魚奴，穿慘白汗衫褐黑短褲，取一張能容一身的小木凳交腿坐點了一根逍遙菸。他一動不動，與那不會走開的大樹悠然作伴，觀那孩來孩往，彷彿那老榕傘遮的水族館不為盈利，是個免票開放的兒童樂園。滿架子好立克玻璃瓶裝有獨游的打架魚，各隔了一張菸盒裁下的紙片陳列著。小水族館前另有老人將臉躲入一頂寬邊草帽下，人站一輛漆藍小販車後掌管一勺子的生意，販售各類糖水諸如麥粥糯米粥綠豆沙紅豆沙。

向來去途時，為人母者總是目不斜視，急急攜幼踩過那清脆響的巴掌大落葉。祇有那歸途，為人母者才會低頭，模仿老榕樹，用手垂憐那大頭獨子，雙雙站路邊共享一碗，當個活招牌。當然，那和著午後風一起下了肚子的街邊食，就是必須收藏的祕密，為人母者放低了聲調，似乎隔牆有耳，說了一句男孩長大後始終難忘的話，回去別提我們吃過東西。

然而，歸途祇能是後話，那去路尚遙，還得往前走闖不同的分界。撐傘攜幼者步入了那書店與棺材店同樣多的一街，眼看那一艘艘架四條板凳上的棺木已經入目了，為人母者一陣恐懼，索性上演途中挾持弱小人質的大場面，當街忙用一隻手捂住男孩的鼻嘴，另一隻手呢則動作較輕，扶住男孩平直的後腦，一長一幼急急走了過去。小肉票獲釋，眉心便一皺，看那高高在上的為人母者一眼。

有時路上碰上了一輛牛車，巨大四只輪（木輪）碌碌輾過地上，有鈴掛在牛之頸項上作響。為人母者平日常說的，從前的錢牛車輪那麼大。

拐進椰腳街之前，照例得經一個植有扇狀旅人之木的安全島。站住了直視對面，一樹樹開滿了雞蛋花，半遮了小孩長大方知的馬來家族老墳場。墳之左邊，一間二手家具店的椅桌堆滿了一整個門面，連氣窗都給擋住；右邊，三層樓高那一棟蛋黃色建築物每層各有一條供往來的走廊，由著印度小孩砰砰跑動。男孩眼睛一亮，待要開口問一問粉黃花枝後還有什麼，又一陣洞悉了先機的掌風已經飛撲過來，嘴鼻一塊落網了。

## 二

女孩牛仔褲下一雙白球鞋，每一步都是活潑，聽在男孩耳裡，似乎數著他活躍的心跳拍子。領著女孩，從青巴士車頭前走了出去，一條大馬路橫陳，男孩左顧右盼，遲疑了半晌，說，可以過了。待要先行開路充當護駕，女孩卻已經箭速衝了過去，他卻還停步原地目送背影，今天第一次的機會，已經錯失了。

待上了路肩，男孩讓一讓，堅持女孩非得靠裡邊走不可。他們一起並行，從皇后酒店圍牆外走過，再跟玩具批發商櫥窗內的大小絨毛玩具打個照面。男孩瞥了一眼女孩，祇見她看也不看就往前走。臨至街角，無可避免得由他領先，女孩殿後，鑽入一條下著竹簾的狹暗走道。此時，紅的綠的黃的紛紛入目，一箱箱都是摘落了的生命果實。一個碩壯的金絲眼鏡男搬動著小紙箱，見他和女孩走經，停手行注目禮，眼神有點愕然了。身後的女孩，就是男孩要給金絲眼鏡男的答案。曾經一次放學路過，那金絲眼鏡男對他說，要不要上我家玩玩。

從水果店走道鑽出，重新暴露光地裡，男孩鬆下了一口氣。往下走吧，那便是一條朝海港走去的老路，雖未看見，卻是可以預見橫穿老街區後，一抹海峽就在盡頭。這一路下去，男孩占盡地利，有灰撲撲的龐大老區充當他無聲的後盾，先合謀將一個同齡女重重圍堵。女孩，那沉默的女孩，顯然不知道自己身在一片城網之中了，祇能由著男孩步步領走。想必是愛，那熊熊的愛使然吧，女孩不惜遠道而來。

人是到了，祇是還不曾到手。此時，男孩雙手蕩然，像是風推而無人坐乘的鞦韆，誰能止住它的晃動？牽與不牽來者的手，每一刻都是考驗，每一個街角都是可能了。

# 三

為人母者拾步踏上三步台階，登可供避曬的五腳基走道，將傘閉合作防狼的利器，再抱起孩子，由著他趴落在自己的肩膀上。待挨近了那一道上鑲有方塊玻璃的木門，母親側身用滾圓的肩頭聯同四歲大的孩子，力推出一道容得下兩人的門縫，便雙雙閃入燈火通亮的辦公天地。

那婦人把孩子安頓在一張長條椅，彷彿寄存一物。多年後，男孩默然回憶當日人在現場時，祇能將自己想成越發年幼無知越好，他才可以原諒自己身處一場密謀的現場而不自知。過去鬧著要母親給他生個妹妹，母親總是含笑不答，原來她有她的盤算。

記憶隧道盡頭的母親坐另一張桌子跟一個護士用馬來文對談。那桌面上墊有一大塊玻璃，底下透露著許多散置的名片。母親肅然聆聽護士囑咐之餘，頻頻回顧，似乎為了確認孩子還在椅上晃動著蓮藕腿。還是，怕他聽取了一言半語？對他，這世界從來不做交代。

## 四

人尚未臨那一抹海峽，腳累了，男孩與女孩索性枯坐一圈石椅上，女孩的一張臉側向男孩，耳邊短髮經風一吹，絲絲然蕩開成簾，一張瓜子臉遮收得更為尖瘦了。女孩忙用手指撩起頭髮，簾捲耳後，開出了半邊素容。對過印裔回教徒為主的珠寶商錢幣交換商一排店鋪都上了鐵柵，綠竹簾統統給釋放了下來重溫日光。男孩與女孩的耳後有一條風聲啟動了，蕩蕩然飄揚開來，眼前回教堂一寺大小洋蔥塔頂都拔尖了耳朵靜聽，天空變成了高空，人世變成了塵世。

此時，來了一個單手挽籃的老人，朝少女少男所處走著走著，走來了。一蹲，他抬頭賠上一個闊唇馬齒的大笑，掀開了一大張油光滲透的舊報，問說吃鹹煎餅嗎？男孩不自覺代為搖頭。老人連籃帶身蹲地上。老人驢臉，眼睫毛翼然彎翹，良民樣；褲口偏是寬張，低垂的睪丸與雪茄形色的陽具，不想看，也入目；男孩乜斜身邊女孩一眼：她呢？

老人緩緩起身，枯手挽籃，一時手臂與籃柄的顏色上雖有深淺之分，卻似乎焊接上了。老人拉了背後飽盛日光的寬邊草帽覆頭，臉在帽影中驢長了幾分。當然，他沒有道別，轉身便配合右手的一籃左傾右向，有節奏似的，走了。

## 五

十多年後，醫生出示裝有深褐色水母狀一物的玻璃罐，就擱牀頭櫃上。男孩一身中學校服未除，便來探病，站此地如處科學實驗室那樣，拿起了那個玻璃罐，感受那沉甸甸的分量之餘，十分納悶一點：到底瓶重，水重，還是水母狀的死物賦予如此重量？母親說，別看了。不，旁人（包括母親）不過將瓶中物視為一個女性身上早已備而不用的多餘器官罷了。但是呢，男孩輕輕一陣失落，心眼卻有清晰的遠見，他所見的豈止靜靜處於瓶裡的水中物，他還看見了那子宮一直以來極有可能附帶的產物：妹妹，我的妹妹。

## 六

女孩祇有側臉供人一窺，不說一語的雙唇抿著。提及母親，不免提了母親出入檳城家庭計畫中心一事，女孩將沉默的外衣裹得更深更深了。半晌，卻聽耳際一把聲音說，你想說的，我都懂。男孩的身心一怔，原來她已經是知情人了，頭一轉，望了過去身邊人。祇見她下了髮簾，光留鼻頭與嘴角，也是羞澀的暗示吧。女孩雙唇微啟，似乎還有一些未盡的話語。男孩十指已經是愉悅的琴鍵，祇有交握了才能止住它們的擺動，才啟口說，其實我，便見女孩低下了頭，已經趕緊打岔說，我準備到澳洲念書。

原來，他們之間實際的距離比眼前還遠，那是一個比腳下土更大的島，男孩心眼上浮現了雪梨歌劇院，幾頭大白鯊張口的造型。原來，一切才要開始，就已經被未來吞噬了一大半。幸虧，紙筆在手，還有一線希望，男孩說，妳到了那邊，我會寫信給妳。

女孩轉過頭來，男孩微微吃驚，那一張臉觸目都是痛苦的稜角（眼角、唇角），祇聽女孩說，你還是不明白，你一直都不明白。他不能不為自己申辯，看進了女孩的眼裡，猛點著頭說，我懂，我統統都懂，我們還沒有真正開始，就要分開了，我也覺得痛苦。女孩從鼻子擠嘆出了一口氣，我不說了，等你再大一些，就什麼都會懂。男孩愣住了，目中祇有女孩半張臉的大特寫，祇聽眼前人擲下一句，我先走了。

也不知過了多久，誰來誰往，不時一群覓食鴿撲哧撲哧響可聞，一天紛紛揚揚，都是那些寫了也會被一一撕毀的希望。他，一度就在這座城市的一角許久許久，待領。所有的祈禱，已經絕響。

祇剩下一位身穿白制服的印度護士小姐手執一根棒棒糖，將腰身彎下，把手臂伸直，笑盈盈對著一個小男孩。是的，這是世界給他的最初的安慰。

原載《南洋商報》，二〇一一年四月十二、十九、二十一日，五月十七日

# 幸福樓

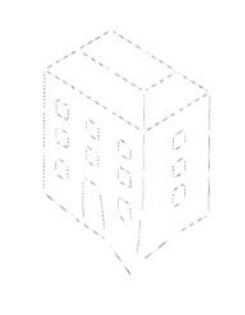

# 一

女孩要找他，總是不難的，回頭，回過頭來原地就可以了，他從來就是失物待領，還在原來寄存的地方。女孩走了三分之一的歐洲，坐臥了無數穿越國境的火車後，他呢，還在車廂一樣的小房中凝視兩翼緊緊關閉的衣櫥，不曾收拾衣物一二。原來，那小房也不是別的，是一截脫隊、停滯原地而不曾被拖行的火車廂。

男人常常思索箇中的原因，或者說，思索自己不曾搭上火車的真正原因之餘，而暗中錯過了一班班的年華來車。直到婚後有一天，才乍然頓悟：當初，夢的藍圖越完美，越是動不了工。他是有過這樣的一種飽滿的想像：那一班深夜往北的火車到了倒數第二站，即女孩故鄉那一刻，闊別兩年的女孩早已趕在天明之前開車到了鎮上火車小站，盼等一位都市倦客歸來投懷。接了他，一起回草坪鑲邊的獨立房子後，男人窩在客廳一彎沙發上，背對那節節爬升的螺旋梯，慢慢睡去，往昔的感覺就會躡著腳跟走來了。

一巴掌拍不響的事情，到底是夢。男人也就不曾在現實中打開那一卷夢的藍圖，以鋪成那一條深夜的鐵路。那一班深夜的火車，就讓它停在夢的層次好了。一人輾轉牀間時，活躍於男人腦中天地的火車，仍舊幽幽然朝女孩故鄉所處的方向開去。兩個人的距離似乎一站站下去拉近了一點，又一點。平日，火車未開，也還是一條存在的虛線，男人想像的足跟總是踮走在上面，一步步走往女孩的方向，將兩個點，連成似有若無的情感軌跡。

就這樣，男人自己那一扇門不曾關上，女孩那一扇門也就不曾再重新打開了。那一班深夜的火車繼續開動了，隨著時間過去，一次次，車到，人不到，男人懂了，原來那也是結束一段七八年戀情，最好的致意方式之一。

## 二

車，開了出去，是一支還在途中的箭。車前窗映照出來一條逶迤小路通往村外天地，黃昏引動出屋的人影或站或坐電單車椅座上聊天，是一時寄存視網膜上的黃昏風景，黑夜即無，光陰收伏之。就為了將來的記取，看，趕快看。

常常，從三層樓高的房子奔落，開了車門，坐乘上去時，已經有點不對了。女孩一張小臉亮著雙眼問，要往哪裡吃飯，你不用說，先由我來猜。總是猜對了。總是這樣：來了，來了，一種窒息之感慢慢高漲，盈滿了整個車廂。原來，即便最快樂的時候也是不應該的，一邊快樂，一邊似乎消耗著快樂；心花怒放，連那花都快要謝了。

弦上箭，發了出去。那時車中男人沉默，望了一眼女孩，雙眼越要捕捉她的臉影，心中越清楚，她會消失的，今天不會，明天也許。途中，應該停加油站。不，女孩來接之前的回家途中，常常早已先拐投加油站的臂彎一陣，補足了一箱的能量。男人從來無法理解女孩一人在回家與愛人晚餐之前單獨開進加油站是何心情；男人連開車都不會。

試想像一下：女孩一人開車進了加油站，停一架加油機前，開門朝便利店走去，推門一陣冷風擦身而過，補油多少心中有數，先取下墨鏡，瀏覽了貨架一回再說。來了一次又一次，總歸選上同樣的貨色，就不是品嘗了，而是獨自回味一種感覺。終於，還是拿了一排Ferrero Rocher巧克力，走近櫃檯輕輕一擱，再報上欲補添的油量，一同付款了，姿態也有一種慷慨絕然。女孩走回加油機前，旋開油箱蓋，提起了槍狀的油泵，插入汽車油箱口。閒了下來的手，開始撕巧克力包裝紙，服吃下一粒又一粒的安慰。

車子開回了小村，撥了家居電話，樓上人下來。時而也許透露，剛才到了加油站，順手拿了巧克力，不然男人看見了會問，先自首為妙，女孩一臉的笑。有時，並不，都在肚子裡邊了，男人還能拿獲什麼？

很長一段時間，男人從來不曾真切去想像女孩一人回家之前先自拐進油站是何心情，更不知一個人吃下一排巧克力的滋味：所有的想像始於女孩離開之後。女孩入油站，似乎想脫離繁囂的車流，投入某種事物的臂彎，好獨處沉思一番。也許，就在兩人快要再見的時刻，女孩一邊品嘗孤獨的甜味之餘，將多年以來停滯不前的關係，咀嚼了一遍又一遍。終於有那麼一天，有了決定。

餞別飯局一場場開始了。其中一頓，山坡上的中餐館吃飯，飯後兩人已經是黑夜身了。來時單程公路，不能走回頭；如何下山，成了飯飽別後的問題。請客者一身白，將他們送到餐館外，是黑夜中分明的亮影，一條白絲巾脖子上淺淺打個彎，站說了一番的指示。待真正上了路，終歸需要靠兩人的力量摸索一條出路。女孩與男人個別開了門，雙雙寄生車殼中。車子開動了，從後視鏡可見那白衣身影轉身了，絲巾兩端是長風尾隨。按指示，一直往山上的夜路開，間隔的路燈，微弱的照明，引領那一輛小車終於來到了一處的小交通圈，路竟分三個方向。女孩停下了車子，頹然正視男人的臉孔久之，問，你覺得我們該往哪一個方向去。男人問，你說我們的未來？

憑著感覺，男人選了其中一條或任選一條，其實都是下山路，遲早都可以歸家，不是嗎？就為了眼前的景觀實在逼人，彷彿是一道死牆，車中兩人久久沒有說話。不能一起走，也不能叫她留下來。窗口放下吧，長期悶在車廂中的人突然來至一個臨界點，需要氧氣。愛，是吞進去的話，已經不是拿在手上獻贈的珠寶了。

車子換成飛機時，也許不用掉淚，不用擁抱，送一個人送上機場，無非拱手送走她罷了。既然生離了，就不用殘忍地走上最前線去目睹感情的陣亡；何必送機呢？想是如此，還是去了。站離境大廳上望了又望，那漸漸步遠的人影，原來，握在手中時是看得見的箭，放射了出去，終究已經是不知終點的箭影了。

夏蟬脫殼，女孩留下的一樣樣物件，都是空殼而已。一日男人打開冰箱，發現吃剩的巧克力一粒，不知哪一趟補油過程中女孩買下的。就在冰箱當中，記憶還是新鮮的，還不曾融解。那好，就繼續收在裡邊吧，待他想回味的時候，再拿出來。也許，剝開來，服食下去，就會懂得了，那一個人的滋味。

## 三

那時，幸福已經是一塊手中冰，融解中。男人與女孩一起回島一趟，趁女孩出國單飛之前辦理諸事，順便吃上一兩頓那故鄉的味道，好教去者懂得回味，懂得回頭。偏偏那幸福樓比他們快一步，先結束營業了。是一夕之間如此？看起來似乎這樣，其實誰都清楚，是難得回島，身後事物悄然變化，及至三五個月後轉身回頭一看，龐然廢墟乍現目前了。

別家茶樓這一天還開著，獨有幸福樓，他湊身近門面，不聞裡邊一點活動的聲息，也沒有任何的告示，悄悄然，數個月前的上一頓，成了最後的早餐。男人無法就此離去，他比任何時候更需要一點解釋：

為何幸福樓一夕之間沒了？

店鋪前的走廊上踱來踱去，也許腳步吧，終於引起了鄰人的注意，鐵摺門上的小門洞子打開了，一張老婆婆的大臉露出來，他們一起變成了童話中森林小屋外的小孩。一問之下，卻不是獲得幸福樓所以亡的解釋，而是一則故事了：話說，一個晚上，一隻老鼠從天花板上掉下來，急速地奔跑之間，碗碗碟碟骨牌效應似的，都給打翻了，哪裡有錢再買？就這樣，幸福樓嘩啦啦，在一鼠作祟之下終致一蹶不振了。據那老婆婆這樣說。

門洞子關上，關於幸福樓終結的故事一直還在男人腦中迴蕩，及至與女孩坐車中時，仍將老婆婆的解釋搬出來笑話一遍，那天花板上掉落的老鼠，那碗碗碟碟，一座幸福樓之所以消亡的故事。笑後，空氣中突然靜寂了起來，他們開始不說話了。是的，不得已封在同一個車廂時，他們老早有了一種默契，拿別人冷嘲熱諷沒關係，話裡千萬不能再觸及彼此，那也會是空氣中的一點吻。更別說絮絮愛語，到了分離，愛其實就是妨礙。夜裡，總會有自覺背對，一點肉身的體溫同樣會將計畫砸掉。是如此嗎？不，他們似乎有意無意用各種各樣的距離懲罰彼此，誰叫她要走，誰叫他不留她。

一日收拾一半，女孩看男人一眼，飛速地收回了自己的目光，頭低了，祇見眼皮蓋落，兩彎眼睫毛高翹。此時動起了憐意，也是一種妨礙，前程突然十分之要緊。很長一段時間，他們怕看對方的雙眼，怕看出其中的怨毒。如果未經兩個人的同意，一場生離不會上演。他們都恨對方；他們不能不恨對方。扼殺了無數情感，掉過了一本銀行存摺，奔跑了無數次的英國最高專署，大計進行中，就不能不完成。

一切朝著不可逆轉的方向去了，身子是最後的繩索，椅上男人彎下腰，越肩攀圈住那幾乎久違的溫暖。連那過去熟悉的女孩圓肩，都已經是遙遠的千山萬水了。這時，男人才真真切切感受到，抱在一起，終究有需要放手的一刻，而且由他親自放手：眼前人，很快很快，他就要失去她了。他還能騰手拿出些什麼——哪怕是話語？如果一開始就決定由著她走，這時，其實也就沒有資格再緊緊抱住。放得她出走兩年之久，眼前還要一晌貪歡？可笑可悲。萎萎然，一雙手鬆放開來了，她就是一隻可以振飛的鴿子。原來，過去至今，他一直是她的鐵牢籠。

不是那島上幸福茶樓關閉在先，遠在那之前，屬於他們的這一座幸福樓早已慢慢冰解了。先去買一張單人牀，撤丟了原先那一張彈簧早告深陷的雙人牀。還有約莫一週的時間，飛機就像天外不明飛行物，就要來截走她了。入夜，女孩睡那一張新單人牀，男人打地鋪，都已經是咫尺天涯了。其實，又何必搶登新牀，她走後，就是他的天下了。難道，她還不如一張新牀？就為了她的自由（還是他自己的？），他竟然要放生似的，由著她單飛。

似乎知道男人怕痛，還是得給他趁早習慣，女孩先來一針了。於是，一晚，從外頭參加聚會後獨歸，女孩人處天花板下，站男人背後，見他忙碌敲打電腦鍵盤，女孩用玩笑口吻透露自己愛上了一位個子與她齊高的工程師，是從前中學校友。可惜可惜，那一位工程師還沒有一些意思。男人停下了手指。女孩投擲如此一石，是要激活一湖七八年的死水？女孩意在折磨男人不出口挽留，故用激將法（那他太高估自己在對方心目中的地位了），擠榨出一點一滴的醋意？還是愛男人（又是另一種高估），怕他一人獨留下來有所眷戀，才編造如此的故事先自毀形象，好幫他拔除一顆疼痛的感情蛀牙？男人不曾回過頭來看天花板下的人影，他暫時不回頭。

不知何故，那一刻按照自身的想像，男人益發願意，是的，願意相信一切屬實。那一位陌生男果真要了女孩，也許，她就不必走天涯了。女孩需要的也許是一句話，一雙手臂，甚至，一張臉轉過頭來。沒有。男人和另外一個他——那位陌生男一樣，坐失流年，由著女孩走了，一樣一樣東西慢慢拆解，一座又一座或實或虛的幸福樓，還原瓦磚。光禿禿的情感舞臺上，隱隱有一種枯冷，男人在女孩走後，爬上了那一張還容得下他一個人的自私的單人牀：人是遠了的，夢一步步走近，伏在他腳跟上，冰塊又重新凝結了。

## 四

感情告一個段落，都會找一塊地，立一個碑。當時來此人稀的小鎮，不過以為離別在即，有點不捨了，也需要透一口彼此的悶氣，就來了。其實，是不知那漸漸淪亡的感情，也需要一個可以下葬的地方，他們就來了。日出之後響動引擎，日中之前過鎮不入，到了離鎮約莫三分鐘車程的山坡小屋籬門前一停，費時兩三小時而已。山坡上有一大群的狗，從高處邁動四肢，奔落下來，止於籬門之前徘徊走動，狂吠一聲聲迴蕩草地間。

小屋門開，有人走了下來，慢慢放大了身影，是個老先生，電話中早已聯繫。開了門，車子往上駛，狗紛紛讓出了一條路來，土黃草綠，一條虛線的狀態，說是路，不如說是小徑。及至坡頂，車子不得不往無路的草地別去。車停屋旁草地上，人還是不敢下車，狗在外頭伺候。

屋小，高踞在上，坐擁了一大片的草地，推開門窗，即有綠意入目。連這屋看起來，也不像是主要的，似乎為了看守這一大片草地才建築出來似的，是綠海中的燈塔。下了車回頭山坡下來路，是溪流大小的灰路，劃過了大地的綠面，分出這裡與對過群山乃對峙的。左邊通往來時的小鎮，右邊則不曾前進，不得而知還有一些什麼等著他們。據說，是荒廢了的煤礦。

老先生怯怯然，擠出了一抹笑容。踏入屋內，面向客廳的一房掛滿了字畫，呈現展覽的狀態，據說，是老先生手筆，偶有買家來看；鄰隔的一房，關上，不得窺其內，似乎是工作室。他們兩小的房間在後頭，地板離地甚高，一件行李先放上去，人才跨上，像是捨舟登岸一樣。安頓好，老先生轉身，走的步伐，是一條筆直的線，目不斜視。據說，左傾的緣故，他在獄中度過了二三十年，一年前才獲釋出來，已經是一個對社會構不成威脅的老人了，手無寸鐵，祇有畫筆。

午後出去，再一次驚動了老先生。老先生不發一語，就祇是跺跺腳，用自己一副老朽之身，將一群狗重新逼往牆根下；狗將四肢收擱了起來，摺椅一樣，扁扁平平了，有了貓的溫馴。於是，老少各自轉身，往不同方向去，一往屋內，一往屋外草地上。他們在草地上往下走那一刻，有一種童年的愉悅慢慢爬上腳跟來。

開了籬門回頭山坡小屋，連那小屋，也是沉默的。挨路邊走，久久才有一車經過，拖著獨語的車聲遠去，一道長風拂面，是往那車影追了上去。他走前，她殿後，沉默一直往前推，就這樣，推出一條灰色的公路來。

之前不曾握她的手，待會入鎮，越發沒有可能了。清楚一個月後便要分隔兩地，握她的手，就怕手心所透露的訊息，一握就等同了挽留。公路上不曾握上，待會到了人煙聚集的鎮上，不知民風如何，也許更不可能再握了。

小鎮的黃金色彩早已剝落，來之前早已聽聞了，還需人往鎮上走才能確定一二：此地並無重疊的建設，一間教堂，一間小學，一間中學，一座大草場，一間喜餅店，一座菜市場……沒有重複，祇因人口流失。很明顯，他們不是鎮民，一人頭上一頂帽；鎮民頭盔都不戴，一騎風速，兜出了鎮外的曠地。承認與否，他們一旦暴露陌生的鎮民眼中，就成了彼此唯一熟悉的故人了。他不握她的手，她的手也不曾求索，各自兩袖蕭索，將他們連成一線的，是一團漸漸顯得尖銳而可聞的，沉默。

鎮上顯然不宜久留。別人終究將兩個戴帽人看成一對，一線笑容朝他們而發。走著，找了一家茶室吃一頓的午餐，下手頗重，過多的鹽，畢竟是靠勞力創建起來的小鎮，食物的調味還是從前的遺風。盛況已經遠了，盛況的味道還在舌尖滑過。吃了，就別過小鎮，沿來路往那久已聽聞的礦坑尋去。

那礦口，跟當今地下鐵的入口沒有兩樣，但是周遭別無高樓的襯托，祇有山高列嶂；乍看，又像巨大的海螺，彷彿遠古有個大海洋時代告退了，就擱淺此地岸上。入口的地面上布滿了砂石，不入坑道最底下，不知它有多深，他撿起了地面上的石塊，往坑道中投去。兩個人突然一心站等，半晌，沒有聲息，沒有回應。也許風大了一些，萬般聲響都聽之不聞了。再試，再來一塊石頭。他步離她身邊，走前了幾步，入了坑道之中，猛擲入內。等，等了好長好長一段時間，沒有。也許，坑道很長很長，石子丟了出去，半途落地面上，他祇是將石子移位而已；也許，坑中沒有一潭的積水，掉到了底下，也不會激起分明的回響。他們始終不知坑洞的深淺，那就由著它無言無語吧。連那坑洞，都是沉默的。

如此之礦坑，他們往上走，還碰上了數座。腳下走的是一條波浪路，來車往往乍現眼前，不是平穩地一輛輛從遠而近。在路旁左右一片綠地中，碰上數坑，他卻已經罷手，不嘗試了。地上不缺大小石塊，彎腰隨手一撿，都是可以下賭的籌碼。然而，廢礦又何足以一探再探。如此不屑，又為何要來此地？天之涯地之角，無法共赴，就來此荒荒然的一地，一個一切似乎已經結束的地方，總算一起出走過一趟。

地面上海螺狀的礦口，讓他懂了：那不遠的人煙，過去就靠地下的煤炭點燃興旺起來的。他們走在那路面，有點不真實，彷彿地底下還有另外一個四通八達的世界，從一坑接連另外另一坑，蜘蛛網狀的脈絡，連土地都給人有點鬆鬆軟軟的感覺了。

綠地上有印度小男孩放牧，點點滴滴的白，流竄開來，是離群的羊兒。滿地殘骰之餘，總算看見了一些生機活物。停採了煤炭，發展跟著停滯了，時間就寄存在原始地貌上：天長地久，在這裡或許還不是神話。踏草地走那一刻，大家都有些愉悅了，祇是，此時是不是應該將心聲吐露作嘴巴上的話？然而，難得的快樂似乎不應該被褻瀆，放在心中許久的話，似乎不應該提上嘴巴來說。難道他就不能給她多一刻的快樂嗎？她在綠地上自由走動了，他還要變成一匹吞噬她的快樂的狼？

入夜之前他們再入鎮吃晚飯，飯後再慢慢走回下榻處，一路就靠來車的照明認路。入夜即臨危，他不能不握她的手了。婦孺當中，她總有可以扮演其中一個角色的時候。這回，是帶一個小孩的樣子，他握她軟小的手。他們不斷抬頭路旁的山坡，搜索一屋的孤燈。有了，過了公路，也還人在山坡下的籬門不敢擅自開門，狗又健跑奔落，用吠聲報知主人聽來客的夜歸。他們照樣得等，等老先生下山搭救。等的當兒，有來車經過，照出她的一張小臉龐；車過遠去，臉龐就消隱暗中。祇有一手的溫度，還是過去的一點聯繫，靜靜傳遞著星火。毫無例外，就跟世間每一對戀人一樣，當初他們也是從牽手開始的。

夜色較有光害的都市還重，徹徹底底，可以醉人了。痛飲了此地的夜色許久之後，人還是清清醒醒橫陳地板上，繼續當世間某座暗屋的不眠人；要是這一刻死了，還有人會以為是殉情。死不了，天明即要開車走，回到了那一間家，祇能繼續收拾，封箱。中間，這一個貌似一切已經結束了的小鎮，是雙方的一次機會。還有什麼要說？

白晝有過太長太長的沉默，此時若是開始第一句，有必要是一句重要的話；若是無關緊要的話，則應該吞下不表。可是，什麼是最重要的話？難道坦白一年前已經結束的，那一場悄然的背叛？不，時而他是感受到，即便不提，她連對象是誰都清楚的。她一直等他說出來。他一直期盼自己不說她能明白，正是好為了維持這一場感情，他沉默。

一時，這一夜的目的清晰起來了，是老天的一次機會，就在眼前供人把握。想必，人人都曾經在某個時空有過一次這樣的機會。他突然害怕事後天明的後悔。暗中，他一邊沐浴在一種天恩的光澤中，一邊挪動了身體往她那一邊靠去。伸手，他所抱住的是一語不發的血肉。高度緊張之下，他說了一句，我希望這一次是我們最後一次分開。

他終究不曾出口挽留，甚至還出語肯定她非走不可，祇是下回歸來之後，就別再走了。突然，他懂了，來到了此地，他越發懂了一點：自己根本不會挽留她——儘管他以為自己還有可能這麼做！她一語不發，沒有反抗，就由著他抱，祇是感覺上，人慢慢縮小又縮小，是一塊融解中的冰。原來，不辭車程老遠，來此荒廢了的小鎮，似乎就祇是為了確定：當剩下兩個人類時，他也會將她放生出去，等她兩年簽證期滿重投羅網，就憑他一個人的自私！她開始融解了，他的手臂感覺到一點濕意。她整個身體慢慢在他擁抱中動搖起來，一挫一挫，冰解中。他緊緊抱住她，話已經多餘了。心眼中浮現了一道風景，是坑口地面上一粒粒待拋擲的石塊日下發亮。他彎身撿取了又一粒，拋了出去，沒有回應。他們始終不知那荒廢了的礦有多深。他們就祇是沉默，似乎風地中默哀一座座煤礦的死亡。往後，那往後根本看不見了。那就讓目前為止的一切，都下葬這裡吧。就這樣，他們似乎找到了一塊地，立了一個碑，銘刻一段情的卒年：二〇〇七。

## 五

老人逐一消亡後，回過頭來方知從前可以進入的門，一道道關上了。從此，他們做了路人，過而不能入，唯記憶是所。老早在很久很久以前愛情萌芽時，他們自數百里以外的都門驅車趕回故里，總欲趕在死神的前頭，一個個老人家探訪去，如同巡視一片火山區，何者生何者死，是時候需要確認一下了。

及至後來，愛情爛熟時，他們如此畏懼愛神碰上死神。當然，那是心虛的表現。戲六七年演了下來，是愛情長跑劇，老人家們要是趕不上最後的大團圓結局，泉下恐怕就要抱憾了。可是，那結局必須水到渠成，越緊要隆重，越急不來。老人家們盼等好戲上演之餘，他們回過頭來，面朝故鄉，央求那死神再通融，再放寬期限，就等他們完成一場愛情成熟時的壯舉再說吧。

總是如此，車至，先是一道小籬門開了，步過風搖草木的小院，又一道入屋的小木門需要推開，他們步入了老擺鐘坐鎮點算時光的雙層老木屋，先是發現（是再一次發現了），八十女祖宗馴馴然，孩坐一張矮藤椅上，雙手握住了左右兩彎扶手，似乎畏懼隨時大水來至，一個老去的籃中嬰將漂遠。稱呼了一聲，女祖宗抬起頭來，鼻梁上的眼鏡滑落鼻翼間，一臉陽光迷濛的茫然。總在這時候，旁有親人的話，勢必趨前提點提點一口老井樣深的記憶，說是某某某，從外地回來，就為了看妳啊；不然，他們就自己報上名來，免得在一個口齒日繁的大家族中，考驗女祖宗漸漸蟻散的記憶。就這樣，他們經常需要洩題一二，從前如此之精明強記的老祖宗早已答不上來者何人。

有時，他們或會自我安慰，老祖宗並非將人忘懷，而是放他們在太深太深的記憶深處，需要長一些的時間，才能提出來。他們一直在她心裡面，一口井深的記憶。到了吃飯那一刻，女祖宗客客氣氣，猶不知眼前乃外孫女偕同男友歸來，將熟當生，一律視為陌生人勤加勸飯；女孩認為，那倒是再現了女祖宗年輕時候的好客。是的，努力加餐飯吧。女祖宗早已老至火騰騰的個性全消了，有了一切老人的共性：饞嘴。吃起飯來，但見一雙筷子武動，快得無以復加，不斷扒碗中飯充飢。她要了一碗又一碗，略過了假牙的咀嚼，生塞活吞入自己的皮囊，似乎要裝備好一場遠行的糧食。飯桌上，有人動火（老祖宗聽不見，聲調祇能放大，故有此錯覺？）發言了，慢一點慢一點。其餘小輩見狀如此，心驚暗嘆：不好了，老祖宗似乎有了自知之明，趕將飯吃。然後有人說，夠了夠了，妳不能再吃了。老祖宗聽之不聞（抑或重聽？），那碗筷祇要一時還在她手中，誰也搶不了似的，筷子又馬不停蹄夾動那眼中飯。大家都說，變小孩了。祇是，當時大家萬萬不會清楚老祖宗儘管如此饞嘴，到了生命最後一天倒是無比慷慨起來，吃過了早餐，就留了午餐與晚餐給子子孫孫。

大限之前，女祖宗既已昏聵，許多事或可以隱瞞不報了。對來者，老人家並不多問，甚至不知眼前同桌吃飯者當中有人這一回歸來之前，早已打算暫時分隔兩地。來看她老人家，不過是為了準備告別，兩年簽證期滿後再見。老祖宗記不起眼前女孩是誰，那倒也好的，祇有單方面的離別，少了哀愁與眼淚，剩下來就是彼此日復一日努力加餐飯了。也許，應該留下來不走，走了恐怕中間要走回頭，怕是老祖宗可能挨不過那兩年的期限。可是如今天涯若比鄰，果真事發，不過八小時飛機航程又可以重歸腳下土，有什麼難的？長久以來未能走向一場婚禮，如今，祇好冒有錯過一場葬禮的可能。就這樣狠心決定，就這樣出走吧。

於是，他們兩小悄然策動了一場短暫的別離，準備瞞過老祖宗，神不知鬼不覺暫時消失她跟前兩年。這倒像過去許多個午後，他們悄然爬了上一道木梯，以為會驚動梯下走道坐處的老祖宗。那過慮了。老祖宗重聽已久，早已不知有人太歲動土，就在她頭頂上閣閣響踩動一塊塊琴鍵似的樓板，打開了一間間祇有蛛網與陽光寄居的空房，掀開了早已發黃的舊報紙，摸尋一些過去從外地分批運回來寄存的書物，重新發現一些早已遺忘的一頁頁（原來不在他鄉，是在故鄉長久擱著）。待回頭一步步走下樓來重新穿經走道時，卻見老祖宗頭低頸垂，露出了一團白花花的大髮髻，即便是巨響的象步，也當作悄然的貓步了。老祖宗祇是打盹過去而已，看著也足以叫人心驚，需要等她再度醒了過來，才能確定那之前的一場，祇是小睡而已。他們等，坐廚房牆下一溜木椅上等，老擺鐘「嗆」一聲報時，他們從瞌睡中驚醒過來，天地再開，藤椅上老女孩猶未悠悠然轉醒，一時，總會這樣自我安慰：是重聽。連時間放出的訊息都可以聽之不聞當放屁聲了，那也好的。

隔兩棟房子，另有老人家待訪，是老祖宗一塊過番的好姊妹。老而獨居，坐擁一間嶄新的房子，人老爬不上樓去，孩子砸下新幣將房子建成單層三房格局；逢是過節假日孩子從獅城歸來，在故鄉的投資馬上獲得回報，有了現成的住宿。平日呢，老人，女孩稱她老姨，她家的庭院鋪成了一大片洋灰地，免了鋤草的需要，免了養蚊藏蛇的可能，她日日端坐門廊一張石椅上，就祇是為了對著來往的村人無聲宣布：一息尚存。她老人家是交代過的，一村子的人皆知自己身負重任：要是過午不見籬門敞開來，還有她這老朽的影子擺出來大家面前，他們當中的任何一個人即可擅自打開籬門，步入屋中，那便是一大善舉。於是，日日為了防止自己極有可能腐爛發臭的老人家，晨早第一要事，開好籬門，人坐那石椅上，由著禮敬生命的朝陽照曬進來。

他們來訪時，要是見門廊石椅上無人影，腳步遲疑了一下，終究步入屋中客廳站住，報上名來，喊出了一室的回響。老人聞聲從某個角落回應，來了來了，有了一點雷聲，身影總是趕不上那聲音，是慢了許多拍的閃電。當然，要是一時未有聲息，他們始終停步客廳，舉目一室簇新的物品，不敢更為深入屋心探個究竟，怕是人已經來到死神走快一步的案發現場。他們站等獨居老人自動現身，用尚屬清明的記憶，將三十年前雙臂曾經抱動搖哄的女嬰認出。時而，見老人石椅上蜷縮睡去，像養在門外看守的一條老狗，很是心驚，怕那睡眠延長又延長之，隨時作了長眠。喊了她，見她老人家慢慢醒了過來，一頭蓬髮，一臉的抱歉說自己怎麼就這樣睡了過去，他們倒是鬆了一口氣。總算又給他們趕在死神前頭，連同愛神一起帶了來。

獨居老人家的電話鎮壓住了一本厚厚的黃頁，夾有一張張冒出頭來的紙條，是一個個電話號碼。他們對看了一眼，無語。差一點，可能便是由他們來抽撥其中一個號碼了。他們要給獨居老人照相，相機都拿在手上了，老人家說不不不，人老了，拍照是少年人的事。當然，他們始終不願勉強，之前之後，都想到了一點：死囚正法之前，也會留影。

獨居老人興致好時，變一名老潮州，見他們手上握了一杯水，即興發揮說，從汕頭出發，人在船上，手握一個杯子，搖晃得水都會濺出來。來到這邊不久，日本鬼跟著來了，吃番薯過日。聽故事時，女孩乍然變得更小更小了，有點嬌癡的兒女樣。對小輩說過南來故事，突然有所醒悟，問候起女孩老祖宗怎麼了，似乎問的是，生死。他們十分之納悶，是否人老至某個地步，即便同一個村子聞雞即起，也會不相往來了？經老人家一問之下，兩人充當了家人的信使，連外祖母以外的親人近況逐一報告；及至回到了老祖宗那邊，飯桌上家人問起，也會報告一二老姨狀況，倒又換一種身分，是雙面間諜了。兩姥的消息就這樣靠他們雙腳奔走聲告。當時，儘管早已清楚死亡可能是一場兔死狐悲的傳染病，他們還是不曾想到之後老祖宗新逝不久，拆下來的喪棚，果真就在另一家再度搭建。人們不是先發現獨居老人石椅上一團的臥影，而是見那一道籬門入夜之後並沒有依時上鎖，就走了進去，死神之大駕來過了。

獨居老人一樣未能等至女孩歸來。她一息尚存時，女孩曾經透露要出國兩年，絲毫不見她有何驚奇的神態，大概本身孩子在外落地生根久矣。他們村中人，除了老弱，老早能往外跑的，都跑了，畢竟早已過了以墾殖為主的經濟時期，不需要這麼多的人力積囤村中。既然女孩老早到了都門求學謀生，再往更遠更遠處去，一樣是離鄉。獨居老人從來更是不曾過問女孩感情事，說話間，習慣衹對女孩一人看；及至這一刻，也不問兩地相思是否可行。似乎，衹要是女孩的選擇，一定不容置疑。

就這樣，有三四年時間，至女孩出國之前為止，他們偶會心血來潮一次次驅車歸鄉探訪，心喜且懼，所喜者生命猶顯奇蹟，所懼者奇蹟能夠維持多久。有時，他們也會笑自己傻，未必衹有老人家隸屬死神，人人都是祂名下的資產，端看祂來不來申領罷了。

時而他們驅車從半島過海到小島，等又一道門另開一片天地。他們手上拎了一袋正慢慢冷卻的幸福樓點心，腦中總有揮之不去的一句：祭之豐，不如養之薄。登上了一道很長很長的樓梯，到了戰前老房子樓上，但見走廊上堆滿一架架停用的老式腳踏黑針車，勤織者唯蜘蛛而已。當然，他們是來自首的（因為久久未婚），也順便讓年逾六十的獨居老婦跟進一點最新的劇情：愛神還跟他們站同一個陣線。

他們共坐一面綠牆下的紅沙發上，獨居老婦另據一張單人紅沙發椅，雙手輕輕按沙發椅所伸出的平直扶手（像連同傷口一起包紮的固定板塊）上，滿眼是笑。是的，常常非到了一個個老人跟前，透過了那如同鏡面的笑容，他們才能想起世人眼中他們確實還是一對有情人；私下，親人一樣了。

他們將手上那漸漸冷卻的點心奉上，有點歉意，事後老人家總需要費一番工夫蒸熱之才能享用；那時，他們忘了原是可以約好獨居老婦一塊喝早茶享天倫。獨居老婦手捧點心，倒是問到關鍵處，我幾時可以喝到你們那一杯茶。

要是全無這個意思，為何他一次次將女孩帶至她老人家面前？那就由他來交代好了，兩年後，等她從國外回來再說。這時果真先辦一紙的海誓山盟，恐怕也祇是海市蜃樓而已，連他自己都難以置信那是真誠且有效的約束。過去，她不是給過他一次次的機會，拿了至少三次的婚姻註冊紙？他錯過了，就祇能再給彼此兩年的考驗期吧。如果那時他們還愛對方，那一杯熱茶勢必能夠斟至眼前老人的手上。

獨居老婦聞之，神態戚然，也許那時她早已洞悉勢不可挽了。老人家眉頭一皺，竟是責備口吻，說，你怎麼不跟她一塊去？男孩說，書還沒有讀完。兩年後吧，一切兩年後再說。他們（或者就祇是他一人），總算當著獨居老婦面前許下承諾，老少三人一塊再等兩年。當然，坐對老人時他不會透露心中話：再撐一撐吧，兩年而已。私下他有時也會一人自言自語，兩年，不會太長，三十年倏忽過去，何況區區小數，兩年。

生離既已成了定局，他們下了那一道長梯，別了老屋，上了小車，離了小島。回到都門，總是祈求死別可以推遲再推遲一些，就等他們將最後一場戲演畢。可是獨居老婦終究未能等至眼前承諾的兌現，一個早上，據說是一輛電單車，將她撞倒了。

女孩走後的一年，三場葬禮，是一次生離之中的三次死別。她始終堅守了承諾，縱有事變，等簽證期滿再回來一次過了斷。人重新站在他面前時，她說，那時，面對死亡，突然之間變得很容易的；祇是，想到回來再面對你，卻變得很困難很困難，所以我不回來了。

站在沾了國外風霜的女孩面前，男人心底突然泛生一問：他們還能在一起嗎？無可奈何花落去，似曾相識燕歸來，也祇是似曾相識而已。事後，那已經是婚後，偶會想起那與時俱逝而不可逆的一切，問題稍微一改，變作如此：他們為何不能再一起了？

他，常常仍會涉足忘川，準備打撈一些回憶的殘骸，為過去尋找一些可以長久信仰的解釋。他找到了：親友亡故，即或戲的尾巴演了出來，也無改死者心中關於他們故事的結局。凡人如他們，不能從死神手上奪取一枝大筆篡改種種。死神來的那一刻，原來愛神也到場，結局一起擬定了。他們完婚，對生者（諸如雙方父母）也許有益，對死者（盼等已久的老人家）早已無關。感情的臍帶終於可以完完全全切斷了。一道道門關上了，按了門鈴，手拎一袋的點心等候，再也不會有長者聞聲從樓上下來開柵。他們從此祇是路人，祇能經過回憶的小樓；手中的點心，原本熱著暖著手心，等待中慢慢冷卻了。

## 六

下一次遷移之前，女人不知不覺種下了一棵感情的樹，人跟著生根了。女人是說過的，如果祇想在一個地方待上三五年時間，貓狗可以不養，花草可以不種，一切能免則免，人才可以清清爽爽走掉。偏偏女人又是最喜歡熱鬧的人，怕一個人吃飯，就有了栽植情感的可能。約了眼前男人出來，女人可能並不清楚，自己已經種下了又一棵感情的樹。

顯然，女人習慣了由著樹節節長高出來，站原地望著自己離去的背影，而望盡了天涯路。女人，似乎是應該被等待的，她這樣賦予了所有男人等待的角色。女人一出現時，就對眼前男人說過了，三年之後我一定要回去，他在那邊等我。等女人的，是異國中的一棵七八年的老樹。當然，祇要提及這樣的一棵老樹，一時重獲生命自由的女人約會任何一個陌生的男人，都有了安全的距離。

至於男人呢，老早清楚眼前女人的過去是一張收了起來的照片，很少人得窺。所以他總是一臉的笑耳聞眼前神祕的女人談論自己過去的種種。談自己過去時，女人最大的感嘆莫過於頻頻遷移，友誼損失慘重，久未聯絡，回來了故鄉，益發沒有了聯絡的理由，飄零之感漸漸重矣。再說，去國太久了，熱帶中人恐怕難以理解她有過的秋冬心情，女人的心事祇好統統寄放行李箱中打不開來了。

然而，有這樣的一天，女人終究用行動又打開了一層心事：帶男人一塊上山去，她要當女賭徒了。還好，早已不是少年人，大家都上過感情的賭桌了。時而，車中望著生命中又一個懂得駕駛的女人，男人覺得一種奇異之感：眼前女人是誰？她從國外另一個男人身邊神祕回流，就坐他旁邊望向前路駕駛，帶著他投奔賭徒聖地。那個她所遺留原地的男人又是何模樣？眼前女人之逃逸他方，多麼像從他身邊逃了出去的舊愛，那一度有過的嬌癡女孩。是眼前女人給了男人一次機會理解到女孩在國外可能如何生活：恐怕，就是這樣約了某個相熟的男人吃飯聊天，最後上一上賭場吧。

如前所述，眼前女人的過去是一張收了起來的照片；人尚未上賭桌之前，男人算是先贏了一時之間還不能說還不能提的一局了。眼前，男人自己倒先裝蒜認一回輸，由著女人開車，將自己裝載了進去，帶上她所熟悉的世界加以擺佈。經過了這些年，男人早已無懼輸贏了。歲月當前，人人不就一點一滴拋出了手上的籌碼？即便不是賭徒，人人都上了賭桌，過一天就輸掉了一日的光陰。祇是，跟了眼前才認識不過半年的女人上山那一刻，誰都不說出來，誰都清楚，隱隱約約之中，還進行著更大的一種賭博。

他們老早說好的，賭光了那一筆合資的錢，就下山再做良民，絕對不碰提款機。當然，男人怕是自己拗不過那強悍的女賭徒，先談判好，免得對方賭興大起那一刻，說他吝嗇，說他小家子氣，猛將他往提款機前推。男人嘀咕了一遍遍，先是提醒女人，再來就是提醒了心中所豢養的那一頭心軟的小獸，不要輕易被馴服。終於女人似乎不耐煩了，動了機關，車前兩窗徐徐滑下，由著灌入車廂之中的山風代勞，刮他一巴掌又一巴掌。

由於賭場那入雲霄的位置使然，他們未賭，先得賠上一筆，充當住宿費。入夜開車約莫一個小時的長長崎嶇路，到了山頂上入賭之後，祇能就地過一夜，租服務公寓的一個單位供賭罷後的自己歇息，天明之後再走來時下山路。人上了山，就先給那一座山贏了過去；所幸，人人皆有機會將住宿費賺回來，那是照亮上山路的一線希望。

入賭時，女人的本性顯露了。她所嚮往的是一種單純且直接的賭法，以大小定輸贏，快而俐落；一張張牌慢慢揭示，太精緻，太考她的耐性了。男人跟女人選了一張賭桌就坐下來。最初，倒是給他們（或者祇是她而已）贏了一些，總不能長夜尚未過去，就此離場回服務公寓吧？又換一張賭桌，也旺。從賭桌上過手的一注注籌碼，女人總是一臉的笑拈起來，交由男人裝進了自己黑亮的手袋之中了。到了這一個地步，男人不過是一位富太太跟班的角色，專看顧女人的手袋罷了。他樂得如此，贏了分帳，輸了就算女人頭上。本來嘛，他就賭興不強，跟了女人上山來，就靠她來賭。所以，是投注在她身上。當然，本可以不上山走那麼的一趟；但是，女人提了出來的任何主意，向來由不得他違逆。在尚未進賭場之前，他將自己那一份錢拿了出來，再合上女人那一份後，聽見女人如此催促說，小孩子去去去，去換籌碼，拿個經驗也好。

起初，女人的賭法是保守且求穩當的，力保帶上山的賭本在手袋之中，光拿那賭桌上的盈餘消磨消磨。但是盈餘數額本來就不大，即便賭至天明也好，勞神許多而所得甚少，終究祇能算是小勝而已，豈不浪費時間而不夠痛快？結果，狠狠下了一大注的籌碼，卻在一次揭盅中輸光了。接下來，為了翻本，祇能投注更多。氣性一急，完了，女人眼見那籌碼給掃向了賭桌的彼端，嘆了一口氣，對男人說，看來，運勢不在我們這邊。她問，手袋裡還有？看來，似乎祇有賭光了，才有離場的可能。男人統統掏了出來，情感上突然與女人站了同一個陣線共臨大敵。那所剩無幾拿了出賭場折換回現錢，祇能是奇大的恥辱，那不如轟轟烈烈全數犧牲好了。

然而，天明還有一些時候。女人和男人走出了賭場，上下電扶梯，從一個方向到達另外一個方向，好避開了直接暴露風寒中走動的可能。一時，人就未能馬上走出整個娛樂場的腹地，祇在鐵肚鋼腸之中摸索一條出口路。待摸索出了娛樂場外，電動門一開，與來時一樣，仍是夾有片片來風的霧夜天伺候著。男人習慣了走前頭，女人能認賭桌上的牌，懂得人情，常常卻是無法認路。與其由著她逢人即問歸路，拖慢了歸程，凍壞自己身體，不如他一個男人領著她及早回公寓養息養息。原來，那服務公寓是準備好了的一條退路，難怪要輸。男人一邊這麼想，一邊寒中苦笑了。

他們走的是一條雲霧打磨過的濕亮下坡路，踏浪踩波似的，似乎步伐有了一些醉意。偶經拐彎一處，所碰個正著的是：一大片乳白的雲霧過境遮天，稀釋過濾著濃重的夜色，並將腳下漫漫然別有通往的去路，一手抹去了。總在那時候，他們祇能止步，稍等那過境者結翼飛逝，一條活路重現了，才繼續往下走。那時，步到之處，望遠一些，又是一個分明的夜了，山下一盆珠光閃閃。

風地裡，女人喊帶路的男人一聲，嘿，接住，我連這一件衣服都要輸在你身上了。男人轉個身接住了，又拋回頭那一件暗中極為鮮明的粉紅外套。男人繼續抱臂風中行。

路上他們偶會碰見幾個路燈光暈照現出來的匆匆上山人；到了服務公寓的電梯廂口，打開來，整裝出發者仍然有之，一時，耳邊喧譁的笑語慢慢追上了遠去的步伐，將早歸人如他們拋原地，令人一陣悵惘。男人祇是想到，欲知上山路，且問下來人。他突然覺得自己有點不同了，是花錢買了一點的賭場經驗，輸贏皆在同一個晚上經歷了。男人和女人一直沒有再說過話，到了公寓小單位前，女人從黑手袋之中掏出了鑰匙，插入旋轉了半天，再從鎖孔拔了出來再看，鏽鏽然，一把老鑰匙了。是的，之前出門時一樣難鎖。交給他們鑰匙的藍色毛衣老先生早已說過，有點難開難鎖，用點耐心就行了。老人家意味深長笑了一笑。

原本以為賭本可以在沒有晝夜之分的賭場中慢慢打發時光，入住此地之前，拿了鑰匙打開門，連鞋子都不脫，踩著地板環屋草草一看，就要了，那是準備將就將就。

擱下了東西，鎖上門，到了接待處繳付了一夜的住宿費，他們就做了上山人。可惜，原以為是一時寄居之地，倒變成了接下來一整晚的過夜之所了。輸沒有關係，但也未免太早輸光了吧。如此敗退回到服務公寓小單位中，再也沒有重振旗鼓的可能，本都沒有了。男人拿了經驗就算，他是清楚自已不過陪女人小賭而已，於賭實在興趣興致不大，因為活到了這個年紀，平日凡事都在賭了，實在不用不辭老遠登山面臨切切實實的一張張賭桌了。

上山之前，女人倒是這樣慫恿過的，我帶你去贏一些錢，好過年。在他，不賭就是贏了；當然，女人也不能算錯的，賭了也許能贏更多更多，可以過個肥年。這回輸了，女人顯然清楚他在意錢，不作進一步的慫恿，輸光就離開了賭場。可是他們祇要還在一起，都還是在賭的範圍，女人怎麼就這樣忘記了呢。男人並不認為自己已經離開了賭場的範圍，活著的一天，都在賭，跟了眼前這個女人一塊，賭的感覺益發強烈了。一直以來，男人眼中的女人不是思想的動物，她祇相信摸得著的實際事物，賭的話，生活裡諸事不能滿足她，時而她得上山朝聖，用肉身與一張結實分明的賭桌硬碰硬。

也許太早輸光的緣故，回到了公寓益發覺得那牆色殘舊，是昏暗的燈光映照使然，還是牆色原就如此，已經分不清楚了。看來，這個小公寓早已失修多時，可是誰會介意？也許人人都懷有他們最初的一念，過夜罷了，何必計較？再說，如此潮濕的山頂上，濕氣太重了，連一把鑰匙都會生鏽，其他觸目之物焉能逃過濕氣的指染？行走之間，一些小木塊吸附在他們的鞋底，需要俯身重新嵌入洋灰地面上。牆，逼近一看，有了淺淺淡淡的綠霉跡。人尚未進去那洗手間，先聽聞了水滴聲，是馬桶水箱，儲水從沖水把手口滴答下來，地面一池積水了。

女人一人客廳中坐了下來，先是手按遙控器亮了電視，再細碎響摸索一個個袋子，拿出了自山下帶上來的零食，還有瓶瓶豎立的礦泉水。上山之前，他們這一輛車照例拐入山腳下的一間加油站趕忙補給，否則上了山，物價翻倍，又是一層未賭先輸。女人下了車，尚未報上話來，男人見狀先說了，我去付錢。付錢之後，隔著玻璃窗便見女人動手將油泵插入車身。男人隨手採購，拎了一大袋正要外出，卻見女人自外慢慢走近了，打上了一層玻璃光，距離漸漸縮短。是的，那滑亮的照片上，他很久很久以前就見過這一位神祕的女賭徒了。

女人的過去並不如她自己所認為那樣，是神祕莫測的。一位女賭徒也會有自己的同學。她的過去祇是一張收了起來的照片，很少人得窺；她忘了人，可是，照片分明記得她。婚後的一天，女人自首了，將一本早已發黃了的相簿拿了出來，打開了其中一頁，捧到了男人的面前，說，當初你看見的，應該就是這一批我念學院時代的照片，裡頭有我，有你的舊愛。語畢，女人轉身走開了，獨留男人一人搜尋從前的人面。男人在一頁直排下來的三張群體照中搜獲了，蘋果腮，心形臉，貓眼，淚痣，那當年人。女孩是年輕過的，七八年沉浸在他的生命中慢慢磨損，以致他忘記了她一度有過的花樣年華。他所辜負的是她給過的時光，那七八年。

至於眼前女人呢，眼細，額高，橄欖形的臉，身高的緣故，總是站了後一排。十多年前，兩位先後分別出入男人生命的女人曾經一起念過都門的一所學院，有了一兩個月的交接；之後，同時接獲了升學的通知，又回到了個別的故鄉念大學先修班。考上了不同大學，先後出國去，彼此更是斷了音訊。那同一張照片中的兩位少女絕然不會清楚自己將遇見同一個男人。即便沒有意識到自己在賭，生命本身也有難以想像的布局，掀開了那一張底牌來，女賭徒祇能感嘆說，就這樣巧，我碰上了她的舊愛。

午夜時，男人從前想不通的，都通了。似乎，女孩走了，女人來填下了這一個位置。也許，那當初一人從他身邊獨赴國外的女孩，到了國外，也許就像眼前的女人一樣，無意種植，卻又種下了另一棵感情的樹。這個世界也許不可理喻，但經過男人一想，還是清楚得很：那不過像是兒時幼稚園玩過的大風吹，大家的位置對調了。他也成了世人口中的第三者，有了體驗，也就有了體諒。祇是偶爾，男人望著那已然是妻的女賭徒，隱隱仍會不安，彷彿那是攔劫回來的財物。他是不是一樣奪人所好？

午夜來時，男人與女人這一對人間的賭徒祇是萬家燈火之下的其一尋常夫妻而已，隱隱覺得了，背後似乎有幾股線索的操縱。常常，他們總要暗嘆幕後那一切的擺佈者。女孩不走，女人不來？又或者，是不是老早已經埋伏好了一條虛線，像兒時的填色簿，有著星星散點，依著號碼，用鉛筆從一端畫線到另一端串聯之，一個潛在的事物輪廓就會浮現出來了？暗中一隻手伸了出去，男人好不容易，摸著那老早埋伏好的另一隻：兩個點，連成一線了。是的，他們將種種巧合想了再想，勢要為這一切幕後的擺佈者勾勒出一個清晰的輪廓。男人開始願意相信那很多年前見過的照片，就是一顆種子，後來長成了眼前的這一樹情感。

暗中女人說，我已經沒有永遠可以給你了，籌碼去了一半。男人說，我也沒有了。他們的「永遠」早已切分開來，長短不一的一截截，分贈了從前的愛，一人也許一年，一人也許七八年。剩下來，眼下所能貢獻給對方者，祇有餘生。若有六十年可活，他們的生命恰好來到了可以對摺一半的階段；之前那一半，早已兌現作一段段的回憶了。摺之再摺，很快，就是一架劃過半空的紙飛機，一生完結了。最是盼望他們結婚的長輩，帶著他們各自上一段毫無結果的故事，謝世了。他們改變不了死者所帶走的記憶，遺憾已經封棺下葬。那也好的，他們的關係始於全無期望的背負，天地彷彿初開，煥煥然又是新的一頁新的一章了。也許，眼前稱之為妻的女人，就是那一隻來報佳音的鴿子，緩緩飛降了他的牀頭，在耳邊悄然告知又告知：上一場感情的洪水，已經消退了。

於是男人聽見了一把聲音說，起來，不要睡了。當時人處殘舊服務公寓小樓上，睜眼便見女人佇立落地長窗前。女人有所察覺，回過臉來，日光銀亮，趁機摸索出她的半邊臉。她似乎有點不好意思了，頭轉過來，臉龐背光，祇聽她對被窩中的男人說，你看窗口外。縱有好景可觀，眼下也還不是良辰。男人待要發作時，瞥見了肩膀上一件粉紅外套覆蓋著自己，看看窗前加衣人，再看那窗景，人靜了下來。天是早已亮徹了，一波波簇擁過境的雲霧時而折射出鮮亮星閃的光芒，爬遛過了那時隱時顯的墨綠山背上，是一道道溫柔的推拿。女人無語；男人無聲，就祇望向那逆光黯然的窗前人影。房中除了男人還睡著的一牀之外，便是一座已經敞開胸懷的木衣櫥，露出了三幾個空掛著的鐵絲衣架。有人，賭一賭，終於開口了：很久很久以前，我就見過妳，在照片上。

原載《印刻文學生活誌》，二〇一二年二月號

# 出手

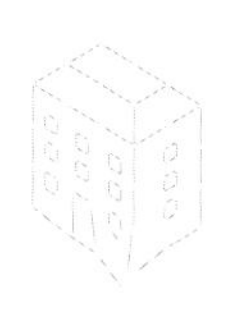

三十五年下來，他並不清楚自己朝一個瘋子即將走來的方向走去。待他清楚時，他祇能將撿回來的命放老公寓藍色沙發上，默默接受人造皮一整個黃昏的撫慰。是第一次，他發現三十五年的時間，夠一個瘋子從世界另一端長途跋涉，找上門來；是第一次，他發現自己將這一座城市看得太清醒（而它呢，已經瘋狂出手了）；是第一次，他開始懷疑，會不會平日授課時，已經用著粉筆灰調教出一個又一個小瘋子；是第一次，他認為社會上的瘋子極有可能都是從課室走出去找他們的老師復仇，於是，這一天，找上他了，那英偉的二十歲年輕瘋子，他的學生。

當然，念頭一轉，三十五年下來，也不是他讓一個瘋子有充裕的時間走了過來，而是他可以慢慢朝一個瘋子越來越多的世界毫無畏懼走去。從前，他十多歲便聽老姊告知巴士上有手從椅座隙縫伸過去搔她的股溝；老色鬼用下體摩擦她的圓肩，等等：類似侵犯人身安全的故事層出不窮，威脅著單身多年的老姊，他聽著聽著，隨著說故事者年華老去，漸覺可信度低了。終於，這一回，他受到更為嚴重的懲罰，並明白敘述自身的遭遇並不容易：一個人除非具備瘋子一樣的才智，事後才能說服別人他已經遭受一個瘋子的襲擊。所有的敘述勢必配合聽眾質疑的眼神（人間慘事到了極致時，常常聽起來，更像純屬虛構的故事）而嘰哩呱啦手足並用，才能取信於人，那時他一定跟喜劇中的瘋子沒有兩樣！於是，為了顯示清醒，他開始猶豫：今天遭受瘋子襲擊的事跡，是不是最好按下不表？

過去，老姊週末來老公寓幫忙打掃收拾（或者藉此窺探老弟的私生活）之餘，常常繪聲繪色與他分享同事遇劫經驗，還在他的錢包內塞五十馬幣。老姊說，最近治安不好，錢包不能空空，你總要有一點東西給人家搶，不然命隨時沒有。好，他儘管先備下這一筆過路費，不久懶找提款機時又隨手花掉了；待老姊發現之後，又一番嘮（他則看他的書），替他補上。待這一次碰上獨特的麻煩後才發現一點：錢，在瘋子的世界並不是通行證，更不是符咒。他差點沒命了。他拿起了手機，迫切想告知老姊，生命中慣常的阻礙（那戈隆戈隆漱口聲）卻來了，然後嘶（響亮的漏瓦斯聲）一響，是高空行駛的電動火車進站開門了；待火車又啪一響，拖著老長的身影告別月台那一刻，他本能地一按手機，那時，他才發現訴說的火焰已經熄滅了。

然而電話已經響起了，還等不及他開口，老姊已是氣急敗壞痛罵他臨時放她鴿子，他們一頓飯都快吃完了（可見，少了他，一樣開飯）；他的耳朵靈敏，聽得出那怒氣之中不乏一絲絲因壓抑而益發流露的粉粉喜氣，彷彿他來不來都無所謂了。本來就如此嘛。老姊肯定會暗中謝天謝地他臨時無故缺席，就像他偶爾臨時取消英文課時，滿室的學生多興奮呢。他的存在儘管不是必須的，他前一天卻已經跟每一面透露餐廳內情的落地玻璃長窗打過招呼，甚至清楚那一家泰國餐廳會用昂貴的帳單來招待老姊跟她的愛情騙子；最後，燈光如水，那眼角魚尾擺弄的老姊，也肯定會在桌中那一瓶胡姬花見證之下掏出信用卡，好為自己遲來的幸福付費，她實在太習慣善待像老弟一樣歲數的老男生了。

電話中，他不準備多加解釋，祇說遇見了一些麻煩，不能來了。彷彿害怕自己的大好心情遭受破壞，電話一端那世上唯一的親人，他親愛的老姊，也不多問。這就是他們之間的好處，也是壞處。就像當初二十一歲姊弟狠狠撕裂分開來住，大家不說都清楚心中有同樣一張腹稿：姊弟繼續挨在一塊再住十年八年，老來更加無望，祇是兩株枯木，不會有愛情花。到了他念師訓完畢出來當老師，老姊祇問一句你準備拿退休金還是公積金，他心虛回答前者，老姊一聲長嘆，他暗中認了自己胸無大志，準備吃公家飯一輩子。到了他剪短髮，他從老姊淒楚目光中認出自己乃跟父親一樣，屬於早衰的禿種。至於老姊的部分，有一回透露跟一名同行（房產經紀）往來，對方埋怨她來往期間竟然躺他家沙發上看無名小妹們寫的愛情小說，就這樣吹了。他這個莎士比亞的知音，本來就不屑老大一個女人還看廉價愛情小說，聽了也不安慰；老姊要是感情真正有了寄託，也不會在沉溺愛河之餘還沉迷愛情小說：那不是真愛，由著它像一首歌那樣，隨風而逝吧。偶爾，見銀行有高利息的信託基金可以購買，他當即撥電給老姊，都該存一些老本了。

然而，到了面對催婚關頭時，他不直白心跡，將一本Playgirl塞牀褥底下，由著老姊自己發現。當老姊自以為是拿著他安排好的證據走出房門那一刻，他先下手為強，大喊：妳幹嘛偷翻我的東西。那長期偷窺而終於落網的老姊憤而離去，姊弟倆到了聖誕節之前有半年不曾通話。印尼大地震大海嘯卻提供了雙方一個下臺階，老姊深夜拿著一大袋行李來投靠他四層樓的老公寓，泣訴自己十七樓新公寓餘震頻頻，而他這邊（她當初就瞧不起）呢，他不覺一點聲響，頭頂上那前任屋主（移民澳洲了）留下的水晶燈還燦亮地掛客廳中央：他當初的選擇顯然是對的，但也不是時候說出來了。不久老姊帶來了一個松鼠樣的女人（體形嬌小，目光圓亮，肌膚蜜色）幫忙收拾，道是同行小師妹，他坐沙發上高握一本書當口罩一樣，目光自書頁上浮露出來，冷冷地橫掃兩個忙碌的免費奴僕。

其實，他哪用得著老姊做媒，在陰盛陽衰的學府，五個男老師（三個已婚，剩下兩個都曾經在月夜公園打野食時碰過面，暗中一經目光燭照，識破了彼此的真身，其中一個，當然就是他），其餘十五個女老師（十個未婚，五個已婚，兩個即將退休），他與某男就這樣在異性目光下慘遭瓜分。偏偏他天生具備對異性的抗體，卻忘了那十個老小姐對情愛還沒有免疫，他跟她們任何一個或其中一個混在一起（不過幫忙打包齋飯、代課、共車）就成了一塊晃來晃去的誘餌。一年前事情發生了，學校女同事（也是師訓老同學）在一次下午茶，放下了茶杯，芝麻大小的目光躲在眼鏡背後凝望他一眼，霎時他們兩副眼鏡折射出一種隱隱對峙的光芒，他即知大事不妙，祇聽來者鄭重透露：她曾經到過他故鄉的老家，在門外徘徊了一陣（好，太美的電影畫面）；她曾經在師訓期間留意他如何獨來獨往（有她的目光背後盯住，「獨來獨往」就不能成立了）；她一次次記錄他們每一次的對話（太不對勁了，竟然錄他的口供）。夠了，夠了，他不容那紅顏知己再說下去（她是準備結感情的總帳，卻由他終身付費），那一字一句，分明告知他多年來已經受了諸多恩惠而不自知，夠盲目（她錯愛，何嘗不盲目）。他尤其不能原諒，她企圖改作業一樣，擅自畫蛇添足，要篡改他腦中一早已經定稿的回憶畫面，將自己的身影四處安插；她用隱匿樹後的卑微身影來說明自己的偉大，點出他的疏忽。如果回憶必須有個主人，他希望自己可以作主；他站了起來，連同背影也不久留，速速然走離她的視野。之後，她屢屢致電要他私下再給個機會，她要解釋。解釋什麼？她應當祈禱感恩才對，她儲蓄了這些年的錢還保住，他至少不騙財；祇是，他替老姊積下了這一份功德，她這回又會不會碰上跟他一樣仁慈的殺手？可憐的老姊，她不收手，別人就會一直出手。

人活世上，擁有別人固然不容易，保全自己不受絲毫損傷，更大工程，需要一塊又一塊磚慢慢疊出安全的高牆來。大部分時候，他上了公園準備就地解決，由著精液滋潤草地，從不帶人回家過夜，開了自家的屋門，常常給他一種不安的敞開心扉之感，當然，他更怕毋寧是別人的順手牽羊，哪怕是一本冷門書；至於上別人家，他沒有鑰匙在手，等於任人擺佈（他想像的畫面：五花大綁）。愛情是偉大的，可是人並不偉大。不偉大的人要摸索乃至掌握偉大的東西，常常就這樣搞砸，老姊、小松鼠、那女同事，還有那從樓上吵到樓下他家門前樓梯口的小情侶，統統屬於這一類沒有自知之明者。於是他一次次在學校假期擅自遠離，往曼谷做年度朝聖，從自助旅行中找回赤條條完整的自己。

最近一回，耳聞那一對小情侶夜裡嚷嚷鬧得不可開交，他在天明起程之前拿出廚房一把菜刀，用白紙寫「菜刀出租」四字，以膠紙黏刀面上，一起擱放鐵柵門外。然後，人在曼谷，他夜裡上網瀏覽新聞，等待一把菜刀發揮它的作用；白晝呢，他沿湄南河岸朝大皇宮方向走去，也就毫無例外要經過博物館，遙遙便見戴帽花衣男趨前哈囉哈囉帶笑招呼，剎那，他發現要當個騙子首先必須失憶，才會重施故技在同一個對象身上。這回他照舊目不斜視直走，佯裝不諳一句英文，對方也就沒有通往口袋的密碼了。語言（那是他的本行），未必像一般人以為那樣使人溝通，它極有可能促成我們上當；一旦對上話，就有了可怕的下文。多年以來他老姊祇有一句話說對了：別人之所以能夠傷害我們，是因為我們給了他機會。沉默吧，那是斷絕別人欺身的好方法。

待他從曼谷歸來，門外洋灰地不見血跡，菜刀他在廚房原來刀架上找獲。他打電話給老姊，還來不及告知自己去了一趟曼谷，老姊竟是先約了他吃泰國餐，說是時候介紹她男朋友給他認識認識。他祇說了一句，妳不怕我搶走他？老姊笑答，我先天上占了優勢。這回老姊又變節：給別人機會。那總是讓別人有機可乘的老姊不會知道一點：遠在他去曼谷之前，早就趁老姊上大號當兒翻她錢包，看她雙人合照，認識了大後天將在餐廳出現的小騙子了。然而他終究答應赴約，熨平白襯衫，擦亮黑皮鞋，手握一把白傘（你不給老天機會，老天就沒有辦法淋濕你），頂著一幅龐大的欲雨天，混跡下班人潮。他走著，漸漸承認，老姊那一句名言，原來不是說給他聽的，她祇是一直絕望地反覆自我警誡罷了。

再過三分鐘，他就會到達現場了，祇要那雙人照上的騙子一開口，他就有機會盡人事，幫老姊辨認來者虛實。偏偏就在此時此刻，有一個面容白皙而身材高大的華裔男子穿了一件乍看似黑若藍的長袖冬裝走了過來，儘管人類進化而殘存的防禦意識甦醒了，他仍舊為了確認一些東西而直視對方，並無畏地走前過去；或者，如同事後他以受害者身分所想那樣，一切乃避無可避，甚至畏懼更為殘酷的下場，他衹好無助地站原地不動，聽由那一個毛茸茸的冬裝人宛若動物園逃出的黑熊（像曼谷動物園見過的）朝他疾步走了過來。就這樣，隔了三十五年的人生路，不待任何人給機會，一雙手找上門，找到了他要的頸項。

原載《聯合文學》，二〇一二年六月第三二二期

# 對岸

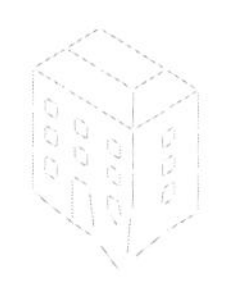

# 一

橋上一男一女前後走著，速速然，一列地鐵迎面打從他們身邊戈隆戈隆駛經，祇見一窗窗光明此中有人。數秒之間，連個光點也不見了，那已經是一溜駛向對岸的夢幻，橋上頓時回歸沉寂。此時，少了地鐵充當屏風，橋身另一頭夜色與冷風當即湧靠過來了。女人雙臂一個翼張，肩頭難免一聳，大概受寒而抓緊了風衣的兩襟。

男人由後趕了上前，對女人說，不如我們走回頭吧。那時，之前待過的雲端咖啡廳還在身後，可以沿來時路下銅雀站搭地鐵過江回新設洞下榻處。女人未語，祇是搖頭，加速了步伐朝前走，一襲風衣已經是護體的戰衣了。愣住原地的男人，伸手所觸及的祇有冷，兩條手臂盡頭的十指指尖似乎是血肉的凝結了。

十分鐘前，人在雲端咖啡廳上，男人與女人的面前就是一點小燭火搖曳，把一片玻璃照映出奇幻的效果，一時他們看見了人影成雙，都是自己的笑容，一時再定睛一看，橋上稀疏的車流之中有列車駛過，那已經是美麗的彗星，瞬即過目。待分享了咖啡與芝士蛋糕後，他們下到橋上風地裡一站，男人跟身邊的女人說，我們一起走過去吧。此去，當然祇有夜與風，暗與冷，祇好請示枕邊人的同意。女人望進了男人的眼睛，搜尋可有玩笑的成分，才點個頭。

常常，就在女人答應那一刻，男人後悔了。待要以牽手補救，女人終究快一步行動，抱臂先行，把男人拋在身後。見男人未跟上，隔著三五步距離的女人回過頭來說，你不是說要走過去，怎麼還不走。

## 二

那是多久以前的事了？三四年前吧，男人下榻河內火車站附近一家中法色彩濃郁的小旅館，一次準備外出時，樓梯口碰見一頂粉紅帽，他身體讓了一讓，由著那一頂粉紅帽踩著雲石面長梯走下去。不想，翌日入夜，那一頂粉紅帽回來了，就在往中越邊境老街駛去的火車上。那時，火車隔間的滑動門啪滋啪滋撞擊著門框，男人何其幸運能竄下鋪之中，祇是上鋪無人，一道小梯垂掛眼前，還是通往未知。很快，那答案來了。啪一聲，入目的是滑動門給一隻手撐開了，來者的身高是個奇蹟，當然那是灰藍二色大背包高出頭頂所造成的錯覺，一抹粉紅帽影還是昨日的標誌。粉紅帽飛快步入其中，手一鬆，身後的滑動門就擅自閉闔，連人跟大背包一起卡住，都不能動了。粉紅帽不待人幫手，又發出一掌，門為之而開，一個大步，她總算連人帶包在火車隔間內站好了。

粉紅帽一手抓牀柱，穩住了腳步，一手揑票根，瞥了上鋪板牆的牀號，皺眉嘆了一口氣，對下鋪的男人說，對不起，我能跟你換牀位嗎，我怕睡上鋪半夜會滾下來。之前，這一頂粉紅帽不過是樓梯口的影子，如今聽見了一把聲音，就似乎血肉俱足，來歷有點清楚了。男人趁幫她將大背包塞往擱架上時，問其國籍，哦，果然給他猜對了。這是一張故鄉的臉孔，國內茫茫人海未必可以碰上，眼前卻面對面了。

不過且慢，浪漫從來一半是人為，一半是老天的安排，他得想一想：怎麼就這樣湊巧同個火車隔間上？想必，那能說中文的小旅館掌櫃做了媒人，見是同個國度的旅客就一起代購上下鋪。不，婚後女人帶笑更正說，那時掌櫃問我，要是下鋪票售罄的話怎麼辦，我說那買上鋪吧，總有辦法可以換下鋪度過一夜。當然，女人不會知道，那一夜火車上畏高的他始終未眠，緊緊抓住上鋪牀架的扶手。

# 三

走到橋中央了嗎？人在橋上，既不知隔起點多遠，亦不懂離終點多近了，祇能默默把自己步步往前推，走一步少一步。此時，回頭漸漸沒有可能了，雖然一度男人與女人可以如此，而那應許著抵達的對岸，有南山塔充當標誌，始終可望不可即，橋外左右各有一線斷斷續續的燈火橫展開來，勾勒出看不見盡頭的兩翼，都是沿岸。

待能望及彼岸時，遙遙便見眼下一輛計程車從高速公路一拐，駛入了岸邊，車身一陣搖搖晃晃，車前燈照現車轍左右的蘆葦地，顯然是朝下坡路駛去，一點人跡，都是同類的呼吸遙遙相應著。祇是，他們人還高懸橋上，此前可有出口通往地面嗎？男人便疾步越過女人，上前忙找出口去。

一道出口就靜悄悄躲橋側，底下一條瘦長的危梯依附著橋柱，通身祇有鐵枝骨架，人尚未爬落，先聽見了車浪聲紛紛拍身。待走了下去，雙腳落地塵起，盈耳的車流聲中前有一條亮著橘色燈的隧道張大口，那已經是唯一的現實去路，必須接受。男人領先走投其中，頭上一片天即給撤走了，一陣當頭的恐怖籠罩下來，人已經在隨時可能有命案的現場，變得低低矮矮了。於是，身子匆匆沿步道一個大拐彎，頭皮似乎一刮，隧道脫殼似的，已經掉在身後了。世界已經重新完完全全在前，人站隧道口外又回長幾寸，視野頓時一片豁朗伸展。

空地上停了幾輛車子，是車震樂園吧，不過且慢，車前燈煌煌可見，引擎聲轟轟可聞，江邊還有一家7-11便利店充當照明，想來不是了。女人快步打從男人身邊走經，待男人推門入便利店時，從來根據情緒而千變萬化的她，早已化身一副萍水相逢的身影，佇立關東煮前手握一個紙杯，舀熱湯澆一串魚餅，眼角根本沒有他。

男人祇好取旅遊書出來，問小號國字臉的中年男收銀員地鐵站在哪裡。眼前人以右手食指與無名指比個行走的手勢，口吐一堆咕嚕響的韓語，一個雙音節聽似「十分」。男人手指腕錶錶面兩小格，眼前人囁囁囁一疊聲點頭。到了這個地步，男人一副討好的口氣對女人說，他的意思大概是說，我們再走十分鐘，就會到了。女人依舊眼角沒有他，悠悠然已經是一頭不領情的貓，悄然越過了男人身後把門一推，一陣冷風擦身而入，獨留此地的男人祇好嘆了一口氣，掏錢付款，謝過。

推門走到風地裡，就靠身後那一點光，男人瞥見了女人走通車道上。男人趕上前說，妳說說話好嗎？女人毫無瞅睬之意，男人站住了腳目送背影。不想，對岸還是燈火通明的熱鬧，這裡卻已經是人散後的寂黑，此去每一步恐怕都是驚悚片的節奏，隨時車前燈一點來光，說不定握著杯身取暖的女人就會被擄走，她就是無畏無懼。一陣車輻聲，一輛單車手的剪影貼著倒映燈火的江面劃過，那一瞬第三者的人跡，女人也不曾別過頭去看。

旁有一片草坪，那已經是跨不過去的未來，臨江處才是真正的行人道。十分鐘，漸漸是個充滿伸縮的符咒了，一時他們還入乎其中，一時似乎就快超乎其外了。暫無別的慰藉，十分鐘就是不能放棄的信仰，哪怕此去天涯。

# 四

那是多久以前的事？三四年前吧，男人把女人帶去法式咖啡廳，錫克族侍應拉斯旦見一室無人，身繫白圍裙坐下來。那已經是準備聽故事的時刻，女人一臉稚嫩的表情，是個小孩了。拉斯旦口中的故事如此。話說有一回，偕同他的兄弟們在某家餐廳吃飯，見有一桌的白領對某個侍應極為無禮，來，來，來，擺手招呼一條狗似的。拉斯旦的其中一個黑道朋友憤然起身，筆直走往那一桌子，掏褲中槍放那一群白領桌上，衹說了一句，你們等著這一把槍是嗎？

拉斯旦的故事是完了，不過那一個晚上燈火熄滅後，女人躺牀上問：你認識拉斯旦多久了？當然，男人當即會意女人要問拉斯旦此人是否可信。男人衹說了一句，我們聽故事就好了。女人追問，你的意思難道是說，可能沒有掏槍這一回事。男人衹是笑笑，他想起黃燈照紅牆，是隱隱燃燒的火焰牆色（當然，裊裊咖啡熱煙也助長了這種錯覺），有一小段時光，他們是站同一陣線的，便一起有了信仰，哪怕眼前坐了一個深目高鼻的大騙子正說著，你們等著這一把槍是嗎？

## 五

地表浮露了一點散光，女人與男人疾步追了上去那光源。唉，他們怎麼又回到了原來的死角，相似的風景由左轉右，對調了方向而已，一座三層樓高的建築底層仍是7-11。衹是，這回還好，兩個全副騎手武裝的身影充當了先鋒，手提單車闖入視野，一擱落便跨騎上去，到了隧道隆起的盡頭右拐，輕輕一滑，世界已經在另外一頭了。

女人也不等人陪同，領先踏上隧道右邊的步道，短短一程充滿了沉默的懸念。待鑽出了隧道口，夾道都是出奇高聳的咖啡色公寓樓群林立，人又矮下了幾寸。放眼過去，之前還以為要找的地鐵站是森林，哪知道原來是一片隱藏的落葉，難度似乎越來越高了。女人朝公寓外牆的花壇走去，棄置手上杯，男人瞥了一眼腕錶，見路邊停有一輛銀亮休旅車，那已經是不得不馬上攀住的線索，趨前一問，車中光頭司機隔著一扇駕駛座車門瞇著小眼邊指邊說，地鐵站就在前方。

一切似乎有了交代，重歸人行道追上女人說，地鐵站真的就在前面，妳說說話，好嗎？女人立住了腳跟直視男人說，你別這樣當街對我大小聲。男人皺著眉說，不走，我也不知道要走這麼長的路。女人擲一句，你是瘋了，你不曾走過，竟然敢帶我這樣走。

女人氣沖沖轉身，去至街角斑馬線前停步左顧右盼，男人半跑上去，迎面一雙高跟鞋把一個金髮女從街角7-11托送上街。男人趁機再確認地鐵站方向，紅唇一啟，即為她的金髮加染了一層可信度，祇聽她以美式英語腔調說，就在對面。男人跟女人走過街，一棟低矮的單層建築已經在目前了，果然，他錯了，竟將一片落葉想成了一座森林。身後突聞哈囉哈囉，黑暗中那一頭金髮起了微弱的照明功能，勾勒出一張小巧的瓜子臉廓，一雙瘦長的手掏出了手機，堅持非幫他們查詢新設洞末班車的時間不可。終於，一把充滿喜色的聲音未語先笑，說，地鐵還在跑，祝你們好運。

入站，壁上告示牌赫然題著二村。怎麼就沒想到，是這裡了，國立中央博物館所在區，昨天才到過的站點。靠地鐵遊走這城市是盲人摸象，出入口不一樣，就摸到不同的片面現實。登上來車坐了下來，一站站過去，那不過是受困既定的車速之中坐看夜色漸深，快慢已經不由人，時間有它自己的軌跡，不再是手腕上的錶。及至清涼里，得打卡走出站是個意外，隨眾摸去了燈火熄滅的大堂，一陣皮鞋吧嗒吧嗒響，是一圈又一圈各自散開的漣漪，接駁站點究竟在哪裡呢？一堵高牆下站了交談中的保安大叔便算是擱著的現成線索，但問路就是打岔，而且考英語會話，對方一臉不耐煩把手臂揚起隨意一指。出大廳玻璃門登登跑下停運的電扶梯，待瞥見了車站後蹲踞著一個默默發亮的出口，那已經是漆黑廣場上的重大發現，一時站住了。

下了空落落的狹長月台，電子板交替顯示天安與仁川兩班列車將至，隔鄰是個便服少年斜掛書包把頭歪椅背上，伸直了雙腿攔路，抱臂睡著了。一個白臉紅唇的韓國大媽悄然冒現，一手握個紙杯，一手抓著疊合一體的掃把與畚箕，行至男人與女人共坐的長椅旁柱子前，蹲身靜靜餵地上的殘杯一注黑咖啡後，起身轉他處走去。一陣高談聲擾破清寂，瞥了一眼那始終不醒的少年，再看，這個開始入醉的城市已經將幾個老西裝男推來此地隔柱坐下，一陣酒味，把男人的鼻子喚醒了。突然，眼下有點不對了，畫面缺了一搭，原來地上的紙杯不知何時已經消失了。

此時，女人怯怯然開口，末班列車會來嗎？男人說，會來的，一定來的。人都已經押在這裡了，就不妨充當最後的賭注，畢竟他還保留自己的一點信仰：神，總是在最絕望的時候就會登場。男人豎起了雙耳，等那一通暗示來車的播報在自己的頭頂上響起，如聽神諭。

# 六

那是多少年前了？三四年前吧。當時，現實就擺在目前考驗著進退，此端是雲南河口，越南老街已經在有點遙遠的身後了。關卡也過了，眼前一條繁喧的大街上都是深深淺淺的方形灰建築，紅底白字的共產標語是一片灰燼中的火焰，與其搶分顏色者是那數抹豔目的土耳其藍市招，神州大地就在外頭等著男人與女人踩下去。偏偏，女人就是不能原諒中共以「這一本書意識形態上有問題」為理由沒收了她手上的英文版《孤獨星球》。待要找領導，那移民廳人員一張老臉帶著冷笑說，我們的領導還沒來上班。好，女人手提背包，大堂內找了一個位置坐下來，準備賴死不走，等共產國領導來上班。

男人終究陪這個才真正相識一個晚上的女人坐等。良久之後，男人說，朋友，我看，還是入城找看哪裡有車站，往下一站去吧。男人站了起來，抓起了大背包揹上，渾身已經是明顯的主張了，又說，妳不是也要到昆明去嗎？女人坐嘆一口氣。男人笑說，昆明四季如春。女人說，難道你去過。男人說，去到了不就知道。一頂粉紅帽下，女人哼一聲終於笑了出來。面對毫無幽默感的政權，凡事除了付之一笑還能怎樣？上路吧，眼前的一切統統都可以不算數了，此去似乎有了春光的誘引。那時生命是美好的萍水相逢，祇聽男人說，妳還不走，我就不等妳了。

原載《聯合報》，二〇一二年六月三、四日

# 佛往深山求

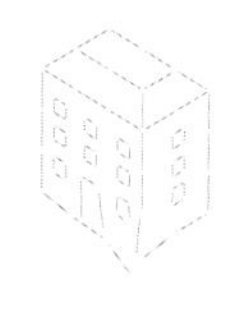

# 一

大巴臨至Y字交流道，捨左取右，駛下一片平地，車前窗馬上掛起了一條灰灰然的上坡路，是下一座城鎮了。那大巴一口長氣拖著，爬上了斜坡，司機大叔雖不發一語，可是一整個車廂的律動分明都是他說的話，就靠著你們屁股下的椅座傳達，你聽見了他也說出了你的心意：速速穿過小鎮。

一時車窗對一口口店窗，祇見一只只抽風機已經拉高了。眼下路人似乎矮小，是一層樓高巴士上坐看一切的緣故；也不是他們行色匆匆，是車速本來勝人流，過目景觀正加速跑動。你不得不確認眼前的一切，祇因人逃到了千里以外的北國之後，母親還是不懼一切找了上門，就坐在你身邊。

來之前母親便說，你給我找一間深山好廟，我要拜一下。且趁自由行的一日，你領著母親搭乘地鐵，下在都會邊緣的一站，等了十分鐘的藍色大巴，往由你決定的天龍寺去。登車後巴士便做了母親的搖籃，於搖搖晃晃之間她坐靠窗處入睡了，嘴張成一個鴿蛋樣。這一點放心祇是讓你時時豎耳聆聽，不敢輕忽任何聲息，你們的旅程，已經是你的使命了。

脊背上的椅座有了最新的通報，你坐直了身體，祇見大巴一拐，又跟原來那一條高速公路再續前緣。一路上藍天打出了一片片夏雲，不傷毫髮似的，祇是紛紛從巴士車頂上橫飛過去，前方一點山影有了眉目，你慌忙伸手按了鈴，轉頭對母親大人說，媽，要下車了。眼見她沒醒，你抓了母親的手腕邊喊，她一睜眼卻說：到了，你怎麼不先叫我？

你領先，於車子的一挫一挫中，抓過了一支支扶手柱朝車門處走去。待要站住一端時，卻見一對男女比你們還快一步，早已搶先靠著對過的扶手柱站住了。一時，彷彿對決的場面已經形成了。祇見女人一身黑裝束，頭低著，披離離的長髮做了一道簾幕，把自己的臉龐遮了起來。那長袖口外，一雙露著淡淡青筋的長手指按著手機。初夏的午後光隨著逶迤的車程不時自外伸入車廂來，摸了一摸她的頭，便又縮回去，充滿著猶豫。

目光待要從同車女身上完全撤回來時，卻覺得隱隱有點不對了，頭趕緊一偏。從來，那樣的時刻，臉頰一陣灼熱，你不會馬上回視。你是早已瞥見了眼神的來處，四十歲的單眼皮中年銀髮男，童顏國字臉，一身North Face黑登山裝，年紀也沒大你多少，不過已經一頭白蒜髮，就多了一層威儀。啊，是這樣嗎？人到底不由自主，頭再一轉，你提醒自己放出了一絲的眼線，就得趕快收回來。不想，你卻碰上眼神的主人如此坦然，沒有一點畏懼，就盯著你。是的，他看準了你會有此回眸一看。

那口罩本是障礙，如今已經是神祕的面紗了，哪怕沒花粉，你似乎也不宜摘下來了。一時，完全別過頭似乎無禮，你祇好目光再落到那同車女身上，祇見她一手將手機塞入了口袋，一手伸入褲袋中便是半晌的搜索，彷彿那褲袋也有了生命在跟她拉扯著，不讓她脫手。那銀髮男眉頭一皺，女人忽地頭一抬，一手兩張卡高舉著，向身邊的男人炫示著；另一隻手，將髮別向耳背，露出圓巧且稚氣的小耳朵。眼前同車女的舉止，乍看，不過像個嬉鬧的小女孩。她大概不會知曉自己身後的男人其實活在另外一個她進不去的國度。從來，就在那個國度，不費一語，一切單靠眼神通關。

你再抬頭，卻見那位同車女正朝你望了過來，一張底牌早已亮了出來：瓜子臉，蔥鼻，左唇一點黑痣。她的臉色可不友善，似乎對著你說：你這人怎麼就躲在口罩背後偷窺我呢？這世界從來就不由你分辯，口罩更是捂住了你的口鼻，你還能說些什麼呢？也許自那小姐看來，口罩上那雙眼睛，似乎就不長在那裡，而是有了自己的生命似的，一寸寸爬登，上了口罩外，正不安分地看著她。

這一切，也得怪那小姐身後的銀髮男給了她錯誤的自信。心下還保留一句，小姐，妳誤會了。你這一輩子大概沒機會說出來了，祇能平白含冤，人就那樣站著，任由同車女用一雙精明的眼睛打量自己。此地人士本就擅長比較歸類，可以一寸寸分解，把你的底細看透：你十指獨欠一枚戒指，是個未婚男；你一身茶褐色短褲白T恤，不著登山服，身後小背包也不見一根登山杖插著，不像登山人；人站你前頭的母親也不像此地婦人化上濃妝，一張素容示人，更沒華豔的登山服襯托。你們一身較此地人黝黑的膚色、一對大眼，簡直是身分的暴露，恐怕已經被歸屬到「東南亞」的欄目下了。

身分既已鑑定了，異族（祇要不是金髮的）便應殊途，那同車女睥睨了你一眼，便收回了目光。「啪」一聲破夢的車門開啟響，拖著長長的一陣嘶嘶齒冷聲，整個車心一陣劇烈的搖晃，你回過頭去，祇見緊緊抓著扶手柱的母親說，我沒事。笛笛聲打了卡，當著你這觀眾的面前，此同車女頭向身邊銀髮男笑了一笑，拖起了那親愛的手，前後腳下車去了。那個銀髮男要下車之前，卻不忘回頭，瞥了你一眼。是的，才幸會，已經要再見了。

## 二

下了車，那一層樓高的龐然大物也不待你們站穩腳跟，呼呼朝前開走了。你們沒有目送的意思，卻也在原地站了半晌，望著它消失於轉彎處。二十步以外的前方，那一對同車男女留著自己的背影，當作一條去向分明的線索，他們的步伐沒有一點猶豫，似乎常來此地。你們到底沒有馬上跟了上去，先環視了一圈周遭：下腳處的車站，不過是一根柱子打著一小鐵牌，立竿見影就是它的全部了，沒有一點遮擋；一家小雜貨店的角落轉出了一個壯實的中年男，也不朝你們看，逕自推開了一道玻璃門，他不是走了進去，更像是準備把你們反鎖在荒郊之外似的，你都還來不及開口問路。眼前那一條無人灰色公路上，白絨毬的一搭一搭，不費一己之力，祇勞風送，就晃蕩到對過去了，是夏日蒲公英正忙著播種呢。毫無聲息的輕動作，一整個世界橫睡在午後光影中，你們的到來，似乎是干擾了。

顯然，母親不為周遭的靜謐所震懾，一聲驚呼，對面有酒店啊。那可是一棟奇幻的建築，城堡狀，白屋頂，打著一個紅Motel字。方圓之內，祇有寥寥數座單層瓦房，十幾戶人家眼對眼，大概彼此互通聲息，誰有膽子上這汽車旅館？是給外客的吧。當時你還無法預知上山易下山難，以為一日可以往返市郊。你領先，母親尾隨，就沿之前大巴士的去路走了下去（天曉得，那究竟走向怎樣的一條路呢？）。那時，你當然不會知曉，途中巷口走出的一點紅衣身影，就在四個小時之後你們再見時，她會開口對你說，去那廟的人，有不少跌傷了，就來我們這邊過夜。眼前，打從那紅衣身影面前經過，你微微點個頭。那是個駝背的老大媽，背剪著手站那兒一動不動，一副好事之徒的樣子，你到底沒問出口上山路該怎麼走。就這樣，你祇能再等這世界給你第二次機會了。就在轉彎處，一小片田地鑲著點點的白裡透綠物（是高麗菜？），一座單層小屋內走出了一個中年男。那時，你當然無從知曉，就在四個小時後，你將在酒店的接待處瞥見他坐看電視。眼下，你拉下了口罩，隔著相當的距離，喊了過去，問天龍寺該怎麼走。隔空中祇聽對方說，你直走就會見到。你道個謝，對方身子一轉，一隻衣袖蕩然，原來，是個獨臂人。

才走不遠，祇見對過路邊打出一道漆褪的牌板，上題：天龍寺。當然，你還得先嚇一嚇她老人家，便說，還有一大段路，得爬上山。祇聽母親說，爬山也是修行，我們慢慢走。馬路無人，到了要跨過那一刻，你還是抓了一下母親的手，那可是久違的經驗了，她瞥了你一眼。過了馬路，一條黃土小徑是隱隱約約的指引，空中紅綠數點，那是城中街巷也有的佛誕紙燈，不想，深山都有了，可見此地組織力量之大，滲透之深。也好，空中燈，算是一點人跡的慰藉。一趟長途巴士下來，你憋了老半天，終於也有個去處了，便對母親說，妳在這裡等了一等。也許你說得太隱晦了。但，母親向來就是不曾放過任何機會要確認的人，問，是去小便？你也不肯多加回應，嗯一聲，逕自走投林中。祇聽背後，沒人會看你，別走得那麼遠，會有蛇的。一直以來，母親總有她的辦法讓你走不遠，你當即停下腳步，就近找了一棵樹，背對起她老人家朝樹腳的一叢草滋滋響撒了一大泡。尿畢，要棄樹轉身那一刻，卻聞身後一句，你得拜拜一下。本是半信半疑的人，經母親一提，就不由自主，完全是個虔誠的信徒，合了掌拜拜。

上山路時窄時寬，路況甚為糟糕，似乎失修已久。柏油路面爆出了磊磊大小石粒，簡直像鳥到處下一窩窩的蛋，你還以為自己人在柬埔寨走著坎坷路呢。但，這個世界很快就會給你一個交代了。你們本來還在登山路上走著，以為與世半隔絕，不想，一點城市人耳熟的聲響如猛獸漸漸逼近了。你到底趕緊喊了一聲，再跟母親一起避到草叢去。前方一輛四輪驅動車從山上飛速駕駛下來了，飛砂走石已經勢不可免，唯待塵埃慢慢落定。他們就這樣禮敬了一車的僧影經過，再從草叢邊提腳踏回老路上。你清楚母親不會說些什麼，也就什麼都不提了。

沉默不過是個前提，來到了深山，你更是清楚避無可避，一點久藏的心腹話，恐怕遲早就要慢慢拿出來填一填空山了。母親走在前頭的背影，沒有一言半語，卻已經充滿著醞釀了。一時，你但求她先別轉過頭來，你得有點時間先打一打腹稿，以應對。卻不想，母親更愛考的是你的臨場反應，她腳步一停，身子轉了過來，人高踞在登山路上，你對她不能止於仰望，得馬上讀懂那站姿的語言，甚至命令。

多少年來同個屋簷下生活，一切貼得太近了，難得可以隔著如此的距離。此時，你有點驚訝，眼前那身材像一頭瘦老鷹的六十三歲女子，竟是自己的母親。其實，她該有更好的孩子。

你到底還是趕了上去，跟母親並肩走在一塊。她還是那句你從小就聽得耳熟的老話一句，你走裡邊，我走外面。你祇是說，我也不小了，車來，我會閃。母親也不看你，隔了半晌，彷彿自言自語，祇是望著前方說，我在機場遇見了咪咪。見你沒有聲息，她以為你還有舊創在身，看了一看你的臉色，才說：她也太快了吧，帶了一個男的，雖然沒跟我介紹是誰，一定是她的男朋友，說要去歐洲還是澳洲玩，我也沒多問。

其實，也祇有你清楚，那不算快，畢竟你也蹉跎了咪咪不少年了。那時大勢難挽，咪咪竟是比你還豁達，開起了自己的玩笑，將來要是我沒人要，就你來養我一輩子，好嗎？多麼淒楚的玩笑，她最後還是雙淚落君前，你們相擁哀悼那些白走的冤枉路已經是流水年華了。如今，得知咪咪身邊另有其人了，心上還是一陣非常不該有的脫綁之感。情緣已斷，一點關懷的義務，隨身到了異鄉之外的電腦前，祇不過，你不再開口問候，靜悄悄人躲臉書背後觀察她的近況，「穩定交往中」也許很快就會出現了。

母親不禁感嘆，也真的太巧了。一切總有特別的命意，不是嗎？母親是當了信鴿，自故鄉給你捎來一點舊愛的消息。祇聽她說，她倒是問我去哪裡旅行，我也沒說來找你，祇說跟團來這裡走走。母親沒說的話，想必那咪咪也會懂的，不愛出遠門的母親肯搭飛機，祇能是千里訪子了。聽見了母親那一句「她也太快了」時，你不能不代咪咪分辯，祇好說，你的孩子我也不是什麼好人。母親祇說了一句，那麼，以後你就做個好人吧。不，難度更高的是：你從今以後祇想做回自己。

## 三

拉了一拉鐵門走進去，滿地一個個上了蓋卻掩不住味道的大醬缸。右邊一間僧房，布帘別在一邊，高炕上不見人影；另外一頭是一座廠房的建築，玻璃牆透露了裡邊的滿架子一排排顯然是大批生產的觀音像、佛像。幾步之遙的一個半月形洋灰水缸，一把長長的勺子浮於水面上，彎彎的勺柄一副邀人狀。你們也祇是瞥了一眼，不喝一點甘露，一身世塵踩上了一層層凹凸不平的石階。那石階面上鑲著大小碎石，似乎為了防滑，不想生了一層薄薄的綠苔，倒更滑了。左右沒有扶梯，你待要提醒，母親早已箭步走了上去。

正待要專注於腳下一層層的石階，卻聞一片不知來歷的聲響入耳來分心，是誦經聲。轉彎處，頭頂上那一片綠蔭突然給撤掉了。你們完完全全就這樣曝曬在一片光地之中，卻也還舉目不見一殿，聲源渺渺。之前的石階已告結束了，取而代之的是一道似乎更方便行人的洋灰梯階。待踩了上去，方知梯之左右都是危機，右是一塊塊充滿按捺的大岩，滾了下來的話，不砸死人，也會擋住去路。左邊呢，那是不宜近睹的深谷，旁有一道低矮的扶手，不及你的腰身，亡父賦予你的身高，與此對比，顯得超標了。人在風地裡就是冒險了，這世界說不定，隨時就是一扳一推，你將殉道於此。那背包也可能讓你失去重心而往後一仰，翻跌下去。一念及此，你雙臂往後一個翼張，先卸下了塞得鼓滿的背包擱石階上，人坐了下來，對母親說，妳先上去，我在這裡坐一坐。

母親一氣走了上去，十來步之後高高鷹立，說，東西太重，我下來幫你提上去。你祇是說，我能提，妳先上去吧。母親遲疑了半晌，還是走了上去。久久人坐在洋灰梯面上，你是人在老天腳下給踩得再也站不來。耳際嗡嗡一片誦經聲，那是什麼呢？那根本就是一條不能攀附的繩索，就在你頭頂上盤旋，你捕捉不到任何東西可以是你的救援。你祇能抓了背包，擱更高的梯面之上，雙手撐著地面，將屁股往上一層挪抬，復又將背包再擱更高處，身體再一挪。祇是，有點不對了，本著二三十年來養就的本領，你清楚背上似乎受敵，有目光正對著你。你按兵不動久之，再猛然把頭一轉，卻不見任何的人影。

確認了四外無人，你挪著屁股登階至欄杆盡頭，兩旁都是山岩了。之前空出的一面深淵世界已經給下了一道牆似的，有大石遮擋，你可以不見為淨。你終於可以站起來拍拍屁股，抓了背包將未竟的十來步石階趕緊走完。人才踏上了一片平地，即見一座紅綠大殿，前有兩盞石燈，那已經是耳聞已久的誦經聲源頭了。你滿心期待山中古廟必有老僧寄寓，可以拜會。殿側一扇門敞開著，你脫下了球鞋，跨過一道門檻，暗沉沉的殿上一個黑側影佛前跪坐。你放眼大殿，就在一個大柱下有所發現了：途中耳聞不絕的誦經聲，祇不過是擱在地面上的一架收音機所播放的。山中古廟老僧，統統本無一物，你算是有了一小悟吧。

母親轉過來頭，招了一招，要你過去。你走了過去，祇聽她說，你還不跪下來，我是代你求了，不過你自己也要誠心求一求才好，不然哪來好姻緣。你跪了下來，不為自己祈求任何東西，但求咪咪這次能夠修得正果。三尊大佛前，你不能不有點懺悔，畢竟今生誤人太多。

禮畢，你們出了大雄寶殿，抬頭後山便見滿壁似乎千個彈孔，大小菩薩身坐修其中，那可是千佛壁了。一個鐵牌子的指引，朝右而行，便見一道依山而建的窄梯，像是給石面打上了一道蜈蚣疤似的。待要邁步，不知哪個角落，一陣夾著簌簌葉響的冷風纏了上來，你們不得不止步。抬頭一瞥，大殿簷角的風鈴搖晃晃，卻不發一響。定睛一看，啊，怎麼鈴舌已經給剪掉了？那已經是個無語的風鈴了。

到了那窄梯，你充當先鋒，手抓扶手，掌心一陣粉澀，是沾了鏽跡。人上了一塊平臺處，倒是一陣驚詫，站住不前了。千佛壁下一對男女遇盜求饒似的，就在你的眼下跪著。這世界就在窄小的空間安排了奇怪的舞臺走位，你人站那裡，彷彿已經是他們的施主，掌握了生殺之權。下跪者一起把頭抬了起來，臉上才顯驚愕，便馬上收斂起來，不讓來敵占上風。同車一段緣之後，原來還有這樣可觀的後續，就等著在這裡上演，你不能不嘆服，命運有祂的一番巧思。

此時，已是懺悔過的人，也就彷彿多了一層特別的資格，可以好好審判眼下的銀髮男？他也還是個帶罪身，眼下卻跟同車女一副有所求的模樣，他配嗎？人活這世上，白占了這世界的便宜，就該像你一樣佛前悔過，誓言不再誤人才對。你的心思也許即現在你眼神中。衹見，那銀髮男眼中馬上閃過了一絲的怯意，也許，他從你身上看見的都是洞悉，都是無聲嚴厲的呵責。畢竟是個有經驗的人了，很快地，那一雙童顏上的單鳳眼翻起了一層怒色。他也不是沒有無聲反駁的餘地，你的把柄就明擺在眼前，可以讓人就地取材：千佛壁一隅，那一尊尊佛像細細看去的母親，又何嘗清楚自己孩子的真身？如此一念，你的目光有了一些妥協，卻已經難以安撫那銀髮男眉間的惱怒了。

啪啪兩聲，一聲出奇甜軟得很的「哥，我們走吧」，讓你不得不對同車女另眼相看了。不開口則已，唇齒一啟，竟是一副娃娃聲，少婦的皮囊下原來另有天機，像俄羅斯娃娃。但，那一把聲音到底還是叫你心懷疑竇，便忍不住多看了幾眼，卻跟那早已先站了起來的同車女又是目光交鋒了。她翻了白眼，嘟一嘟嘴，都是憎嫌之意了。恐怕，也有過太多眼神暗示她的樣貌不配那樣的一把聲音，也就有此慣性反應？

那銀髮男遲疑了半晌，站了起來，避開了你的目光，抓了那同車女的手腕，步伐儘管力保從容，還是一股來勢洶洶，你不得不閃避一旁，由著這一對璧人緣梯退了下去。人散後，整個舞臺頓時開闊了，衹聽一句來自母親的旁白說，他們挺登對的。你不搭上一句，向來母親看的不過是海，你看的是海底世界。原是與母親並立的，你還是從前千佛壁下轉個身，此時才發現那臨坡處，為防攝影者衹顧步步後退抓全景而失足，又建了半圈的圍籬，卻把大好的前景都遮擋掉了。登高已經無從望遠了。

你們下了千佛壁，沿大雄寶殿另一頭出去，此側的屋簷也同樣掛了不見鈴舌的風鈴，本該有聲，卻已無語了。有別來時，你們一長一幼走至那一道長梯，你先抓著扶手，靠向巨岩處，頭不朝臨谷處看，一心急急要走下去。不想，才踩下了幾級，以為可以從此安全過渡，卻見一腳再下去，梯面上深灰色新補就的一角塌了。不借風力，這世界還有其它的方法。太遲了。

# 四

人到了櫃檯處，祇見小窗內光影泯滅，坐著一個大叔樣的男子正看電視，你道聲你好。他挪響了屁股下的椅子，洞穴回響似的，也應了一句你好，便趕緊把一張臉湊近窗口下。燈暗，你們不太有機會相認彼此的面容。你要了一晚的房間，並問了價，摸出了鈔票。大叔說請等一等，轉身摸索了一番，交了一把鑰匙給你，說上去二樓，左轉，二〇五號房。你拿了鑰匙，要付費時，才發現那大叔伸出單手來接，你突然都明白了。

你轉身跟母親說，就在二樓，我們走得上去。正待要走上正對櫃檯的樓梯時，卻聽身後一把老大媽的聲音問，你不會是去爬那座廟跌傷的吧。你回頭，暗中有個矮小的人影說，去那廟的人，有不少跌傷了，就來我們這邊過夜。你苦笑了一下，馬上發現暗中笑容無效，沒有人可以讀到。祇聽她繼續說，午後看見你們問了我孩子怎麼去天龍寺，我就擔心了。

聽了這話，也不知該答些什麼。幸虧，這時那正對櫃檯的樓梯上，一副人影走了下來，你讓了一讓，祇見那副身影以一把渾厚的聲音對櫃檯的獨臂人說，房間熱水器似乎壞了，請給我看一看。那一把老大媽的聲音，說，孩子，你上去給他們看一看。那聲音渾厚的男人似乎這時才意識到周遭還有其他人，見那獨臂人已經開門走了出來，要領他上去時，你們的目光才有了第三回合的交鋒。有那麼一刻，你清楚白晝兩番已經不算什麼了；眼前這一刻，彼此沒有一點臉部的細節，暗中四抹亮光更凌厲，像是夜間林中獸的溝通了。不難讀懂，來者怒氣未消，結緣已經變成結怨了。

你待兩人先上了去，才慢慢跟母親抓著扶梯走上去。到了要打開房門時，卻恰見那銀髮男有說有笑地把獨臂人送了出來，還談了數句，才帶上門。那時，你手上的房鑰匙偏就弄人，你祇好跟母親被拒於門外走廊上進不去，想必他都看在眼裡了。

那一夜入房後，你掙扎著負傷之身洗個澡才上牀睡覺。至於母親呢，她向來一人耗在浴室中就是半天，她幾點上牀入睡，也就難考了。祇是，也不知道哪個時候開始，隔牆依稀有聲，你睜開了眼，也才發現祇有你一人被吵醒了（還是你本來就隱隱有所期待著？）。那時，你馬上告訴自己，山下一夜，人在陌生地，總難睡得好。抬起腕錶一看，祇見一圈刻度發光，不過十點半而已。你可沒作夢，那一波一波聲響分明，似乎唯恐你不知。你當然不敢大幅度翻身，身下的彈簧牀太容易做通報了，你祇是久久凝視著母親的一線背影可有動靜。這一端，顯然她已經睡了，哪知道另一端她又是否還睜著眼？還好你可以相信這一夜母親仍是熟睡中人，此時正發揮她的本色。

隔鄰的聲響，對你，已經漸漸是非常不客氣的訓斥了，白晝的目光交鋒，一筆一筆重新計算著。你聽得出一片放浪之中另有千言萬語對著你說，你的打量，你的偷窺，你的苛責，統統皆屬可恨。想必，那銀髮男也跟那同車女透露你們已經為鄰了，哄著同車女一塊演出。他們如此夫唱婦隨，而你卻比誰都清楚，那銀髮男永遠還有許多真心話不會對枕邊人說。人世歡娛如夢，又豈能完全當真呢？打從車上相逢那一刻，你便想對那同車女說：他雖然用得著那一條潮濕的通道，目的地卻在我這邊。

原載《短篇小說》，二〇一三年一月第十期

# 臉

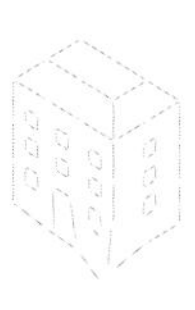

天亮前男人抵達北海火車站了，祇見對岸小島燈火迷離，敵人恐怕等候多時了。人數多少呢？現在為止，還是一個謎。他身上勉強稱得上武器的東西就祇有一件，即妻幫他塞入背包內，那準備擋風遮雨的小灰傘。

男人混跡人群中站著，待火車打從眼前戈隆戈隆棄此一站繼續北上後，他才發現自己沒有了反悔的餘地，人都紛紛散去了，一人站著顯得形跡太分明了，祇有趁天色還能掩護自己，趕緊過海入島吧。男人急急步上長長的天橋，登上了半空中的碼頭，角子機前塞了硬幣一推，三兩步恰好給他趕上了那一班正收納乘客的渡輪。待坐定了，但覺海風獵獵吹入船艙，男人拉起了頸後的灰色斗篷，背影就不會輕易暴露於敵人的線網了。從來，半島這一塊土地與對面小島就是同個州屬，兩地人民來往頻繁，他豈能身在敵營了，還沒有一絲防範呢？

說起來，遠在清明將至前，老母便頻頻直嘆，我將你爸丟在島上了。當然，老母沒說的潛臺詞，男人向來都懂。潛入敵營已是再所難免了，誰叫那亡父不曾撤退，如今也撤退不了，陣亡了都還是一個島上人質。他照例夜裡跟妻商議，好回島掃那幾百公里以外的孤墳。妻當即反應，你回去的話，那些人點錯相怎麼辦？男人何嘗不畏懼，祇是臨至這樣的關口，常常憶起亡父生前說過的一句，在我，就祇生過你這麼一個兒子罷了。

倏忽十五分鐘過去了，渡輪靠岸；人還來不及備戰，就要上陣了，這世界從來不給人充分的時間。不曾有過那麼一刻，步入此島之前男人需要做深呼吸，晨風入肺沁涼，溫度是個好理由，他的斗篷不拿下來了。雙手插入外套左右口袋內，步下了那通往老喬治市的走道，遙遙便見盡頭站滿了好一些馬來司機。敵人總不會搞種族和諧至這個地步，開始僱用馬來人當眼線吧？不論如何，人人可疑，口袋內搞不好有了一張人頭照，打印著他半年前早已被通緝的臉，他還是得步步為營才好。

回島前男人請假，說要掃墓，老總順勢說，既然回去了，也做一做檳島美食專輯吧，你的故鄉你最熟悉，我多給你兩天假期。哦，有了家小，飯碗得捧緊一點，祇能唯唯從命。男人對老總說，拿星期六那麼一天假夠了。老總一臉納悶，多一天假他竟然不拿，大概要勤工獎了。

男人星期五下班歸來，妻把他逮住了，上下打量了一通，終究不放心說了句：還是剪個頭髮再回去吧。他與妻雙雙步入附近購物中心，摸上quick cut店，十六元，十分鐘速剪。隔著長鏡，他時而瞥見妻淩厲的目光望了過來，冷冷對上了。歸途中，妻邊端詳他的頭臉，邊嘮叨說，也不知你的命要緊，還是你爸的墳要緊。

沐浴時站鏡子前，男人端詳自身的臉久之，才發現多年不曾如此關注過：老大跟他這個老二到底有多相像？老大的眼睛大一些，鼻子挺一些，膚色淺一些，是個較為精緻版的他。可惜，島上那些等著老大自投羅網的敵人哪裡講究審美，極有可能：他們乍見面孔相似，草草幹掉，交差去了，還分辨什麼差異？但，這個念頭需要按下不想，男人是讀過那麼一句：旅人必須盲目樂觀，才能走得下去。回鄉，開始變成了一項轟轟烈烈的壯舉。

拉了浴室玻璃門出來，祇見妻坐牀頭，手持一張照片。俯仰之間，妻對照影中人與眼前人，獲得了如此的結論：我越看越覺得你們兩兄弟其實也不太像啊。男人披了一件灰色斗篷外套（不，那是戰衣了），從背包中拿出電鬍鬚刨交給妻，說：用不著了，我留鬍鬚，看起來，就會跟老大更加不一樣了。妻子接過電鬍鬚刨，說，我等你回來，做回你自己。回鄉更加悲壯了，男人與跟了他快三年的妻緊緊擁抱，似乎要讓她有個心理準備當未亡人。

入夜九點半，妻將他送至火車站，祇見車後座老母將小女緊緊抱住。隔著車玻璃窗，數抹白影晃動，是十三個月大的女兒露出一張小臉，還用了一雙小手跟他不斷揮別。兩天前，女兒隔著鐵花門丟過一塊餅乾餵食一頭白野貓，之後便見牠時時來歸順，躺庭院曬日取暖。生命總有牠自己的爪牙，趁我們不防時，陡地一伸，事情就發生了。他敲了一敲車窗，叮囑妻：小心那貓，要看住小孩啊。你自己更要小心啊，男人聽見了妻這麼說。然而，他心下時時拿著老母那一句來壯膽：你爸一定保佑你安全到他墳前去。

女兒四個月大時，男人一家三口回過島一次。彼時，老大剛入伙三層樓豪宅，家有剛聘用的柬埔寨女傭，老母當老大人肉提款機之餘，表面上還算是幸福度日，私下卻對他感嘆，老大生意上似乎週轉不靈了，眼前大屋不知還能住上多久。男人當然沒說，一個星期前老大打過電話跟他借錢，開口即三千，那是一般小市民兩個月的薪金啊。他有自己的負擔了，便當即拒絕，造成了回島探母之前住宿的問題頗費思量：住旅館，顯得兄弟間生分了；住老大新家，怕要帶累妻小也看老大的臉色。

最終，為了老母時時刻刻得以親近孫女，男人和妻便等看老大的臉色。叫人意外的是，老大連臉色都懶得擺出來，祇是日日避開家中上下，一人坐頂樓客廳沙發上，開啟了五十二吋平面電視，手托高腳杯。從那一刻開始，望著老大那陳列滿紅酒的小吧臺，他常常安慰說，即便末日來臨，坐擁一切的老大也應該生命無悔，該喝的生命老二凡事頂一頂。

美酒他都喝過了。至於他這個老二呢，這回又有可能是代罪羔羊了，誰叫他和妻小去年免費享受過老大提供的三晚豪華住宿。那老大，是習慣了占他便宜，從小要他這個老二凡事頂一頂。

認命是一回事，給人認出這一張臉又是另外一回事了。男人一路提醒自己相由心生，控制好心態吧，人便目不斜視走至新街廣東人聚集的地區。見一間茶樓，買了五個大包；去神料店，買了一疊冥紙，一把香，一對蠟燭，付款當兒，老闆輕輕帶笑一句：外地回來掃墓的？男人祇是笑笑不語。看來，真的不能輕敵啊。島上人做慣了旅客生意，目光雪亮，敵我分明，他是披了外套的，十多年來人也沾染了都市風塵頗深，島民的前身還是被一眼看穿了。

登上了綠巴，男人選車尾末排靠窗而坐，戴上了墨鏡。從前還小時，老覺得島上一處到另外一處距離甚遠。待看過了都門世界，如今祇覺得眼前島上不論去哪裡都是短程，這回更怕冤家路窄了。武俠小說最為激烈的打鬥，從來就喜歡安排在島上，以示無路可逃。

綠巴乍然停下，已經在極樂寺山腳下，原本，男人還以為直達福建義冢山坡下。這回，得光天化日之下走一段路，才能到墓地。這些年來，逢是清明時節，男人老遠從都門趕回來，老母放著長子有大房車，從來不敢將長子叫醒，說是禮拜天讓他多休息吧，寧可自掏腰包叫一輛計程車載送他們一老一少上山去，彷彿亡父真的就衹有他這麼一個孩子而已。

亡父墳前，男人終於不怕摘下墨鏡了，就為了讓九泉之下的人質瞧個清楚：那心目中唯一的孩子，來了。據老母自己說，她投奔吉隆坡之前，是叮囑過老大的，要是準備潛逃，最好去亡父墳前拜一拜，為墓碑上的字補一補漆，算是告別。男人望了一下，老大似乎不曾來過。想是倉促逃亡吧。到了此時此刻，男人仍舊痛恨：這些年了，他跟老母一樣，老愛幫老大諸多行為找些藉口。

老母也強調過，要是掃墓時發現你哥沒到過你爸墳前，你也別提你哥的事情了。太自相矛盾了吧，老母這些日子叨叨念念，難道不希望亡父保佑潛逃中的老大一家嗎？有長長一刻，衹聽見鷓鴣聲迴蕩耳際，男人想：何其有幸，亡父已經聽不見那故事的尾巴：我們家的家業已經被敗光了。

男人喃喃說畢家變種種，一抬頭，驚見兩條大漢荷鋤站高處山路上。突地心中一驚，來者的臉色像一面鏡子，男人從中瞥見自己的驚恐。填土嗎？眼見父親的墳墓後頭塌陷，男人點個頭。

兩個大漢掄動鋤頭，剷除一大把野草荊棘，傾倒幾麻袋黃土，將扁塌的墳塞得飽滿。唉，幸虧他來了，哪怕是冒險之旅，不然，亡父之墳便是一艘沉船的模樣。兩條大漢獅子開大口，五麻袋黃土，一百塊。父親保佑他安全回來了，祇是，還會不會保佑他安全離開呢？男人付費故鄉土，待大漢走後，從褲袋掏出了一條手帕鋪掌心上，拈了墳上一點黃土放上去，手帕一包，故鄉就在裡頭了。

男人步行下山，回極樂寺山腳下的巴剎前準備等綠巴，一股熟悉的味道纏了過來，人變成了知味獸，轉個身，祇見那一檔名聞滿天下的叻沙開檔了。男人猶豫，想了一想：唉，不能不交差，那美食專題得先動了口才能動筆。他擇角落處坐了下來，點上一小碗，恐懼早已減弱了食慾。

叻沙上桌，男人將墨鏡拉低至鼻翼處，用相機先拍了一些供版位用的照片。人坐了下來，頭低低，力求低調，絲絲縷縷的熱煙卻一逕冲上來，像是美容院蒸臉。偏在此時，啪一聲，有人拍了一下他的肩膀。男人一嚇，雙腳猛然頂了一下桌底，一大碗叻沙翻了，湯汁淋淋漓漓流了下來，連那白叻沙粉混著褐色湯汁，一條條紛紛滑溜出來了，一副腸穿肚爛的局面。那名葫蘆身段的中年男不斷跟豁然起身的他道歉，之後說了一句叫男人欣慰的話，你的樣子不一樣了，我還是看了許久，才敢上前確認。

那葫蘆身段男忙問有時間嗎，也不等男人回答，即說，好兄弟，我們再找個地方好好聊一聊，我車子在不遠處。也不由分說，葫蘆男搶付叻沙錢後，男人被領著走。車上，那葫蘆男怪罪的口吻，說，回來也不找我們，大概發達了。他祇有苦笑，正是這些年奮鬥不出什麼，無顏見江東父老，祇好大隱隱於遠方的大都會。

聽見那葫蘆男驚訝於自己蓄鬚，男人當然不可能告知，那是最基本的易容術。得知他長住吉隆坡，葫蘆男便將他帶至臨海一間星巴克，彷彿住吉隆坡的人就是習慣了這樣的消費；不然，則是涉及了島民尊嚴，吉隆坡有的，也想讓他這個島外人看看，我們這裡也有了。

正是男人選了過於隱祕的位置一起坐了下來，才伏下惡果，讓那葫蘆男錯覺彼此真的有體己話可說。男人和葫蘆男談了一輪兒女經後，便見對方關心自己在大都會賺錢夠不夠。人在江湖久了，話頭省尾，瞥了一眼擱放桌上的墨鏡，男人清楚大概是自己這一張落魄江湖的臉開始惹禍了。

葫蘆男善意關切，報館工作的人日夜趕稿，吃靈芝補一補吧。還說，根據調查，傳媒業是最爆肝的行業之一；而且大城市生活，不做點兼職怎麼生活呢。一堂直銷課下來，男人坐走皆不是，妥協了，用一句作結：你讓我考慮考慮吧。

那葫蘆男送男人回下榻的酒店後，不忘說，那是一門好事業，可以幫人也可以幫自己，認真考慮考慮吧。眼前這位葫蘆男，當然也認識老大的，從前還一起打過桌球呢，這些年在島上恐怕有往來。原以為可以從葫蘆男口中探知一些江湖傳聞，諸如追殺令之類。沒有，倒是上了一堂靈芝直銷課。

果然，男人升降機中認真考慮起來，祇不過想著：葫蘆男下回再撥電來，自己該怎麼拒絕呢。腹稿要打好，下回好應付，哪知道那葫蘆男另有計策。就在此時，手機褲袋中振動響起了，男人瞥了一眼螢幕，烏黑一片，是那該死的墨鏡使然。摘下墨鏡一看，是個陌生的號碼。先接了，總有辦法應對，不是嗎？

電話另一端，祇聽對方，說，是我。男人愣住了半晌，才問，妳哥告訴妳我回來？電話彼端故作輕鬆說，是的，我哥說就你一個人回來（多年前便是如此的句式：「我哥說……」），是嗎？是的，男人木木回答，我一個人。男人聽見電話另一端鬆了一口氣，說，我們明天見一見吧。彼此就這樣約在島上最富英國殖民風情的大旅館見面。

入夜旅館十五樓房間內，男人在書桌（不，那祇是梳妝臺）布陣，擺好小型電腦筆記本。等待螢幕全盤亮現那一刻，一個不小心，坐著的男人目光越過螢幕，跟鏡中的自己不期然打了一個照面：那是一個中年人了，上下唇早給一圈疏疏淡淡的鬚渣包圍住了，下巴也見鬚根慢慢爬露出來。潛逃中的老大想必也是如此模樣吧？再看，鏡子裡邊的人，彷彿就是老大本身了。

也許，老母以亡父之名給了他這麼一趟冒險之旅，就為了讓他體會老大最後在島上的日子如何鬼鬼祟祟，左閃右避。

多少年了，老母一直主張兄弟要和好，從前得知男人回鄉或國外公幹，勢必要他買一些手信給侄兒侄女。老母似乎一直畏懼老大會不喜歡他這個老二，要他配合行使討好政策，用金錢，用禮物。其實，老大家中半樣不缺，他那一點小東西，老大哪放眼裡呢，鹽巴撒大海，他是白白賄賂了。

男人站了起來，掏出了手機，撥電給妻，好清楚老大可有下落。祇聽妻說，今天也沒有打來，我看得出媽還在等你哥哥的電話，大概你哥哥上回跟你媽要不到錢，生氣了，就連老人家也不理了。整整三個月了，老大不曾來電。老母私下也曾感嘆，想必你哥哥也恨我見死不救，可是，能給他的錢，我都給他了。

男人關上了手機那一刻，再度端詳鏡中人：祇要歲月肯多給一些時間，也許自己便可以漸漸取代母親心目中的老大吧。打從中學時代老大開始蹺課流連桌球中心起，男人便知道：要是哥哥演不好他的角色，他這個老二就不妨代替吧。老母是說過的，在這個世上沒有人比起你們兩兄弟的樣子更相像了。

翌日下午，男人抓起小背包，退了房，架著那不可或缺的道具，即墨鏡，闖入不遠的英式大旅館，像是接受米字旗的政治庇護一樣。那些人應該不會伏在此地等著吧。步入那毛姆曾置身其中的大堂便不怕暴露自己，男人當即摘下墨鏡，尋找昔日芳蹤。男人瞬即發現了自己的初戀，可惜，他從對方眼中讀出了一絲的猶豫：大概她有點認不出他了，是那鬚渣瞞天過海了。初戀從沙發上慢慢站了起來，昨天的日子就跟著走了過來。

兩人坐了下來，要了兩份下午茶。隔了很長的四年後，終於再見了。才坐下來，那初戀無奈地擠出一笑，說，我哥近來老愛說他自己做了傳銷人變很多了，其實他一點都沒變，一樣還是一個很勢利的人。那初戀苦笑了一下，說，也幸虧他是那樣的人，不然我也不會清楚你回來了。男人衹是笑了一笑，不想，回島竟是入他們黃家地盤似的。卻聽那初戀說，我哥大概以為自己這一次可以將功補過，一舉兩得，用我拉攏你當他的下線。

見男人沒有接話，那初戀照例問候起男人的家人。他其實很想很想告訴她：老大生意失敗，欠下數百千債務，獨留老母一人在豪宅擋那上門追債的各路債主。他也想傾吐自己對生命的一番感嘆：父母奮鬥了大半輩子，到了他和妻小在大都會地鐵站接那老大委託友人快車送至的老母時，他發現老人家全副家當，就祇剩下手上一個和平旅遊社字樣的綠行李袋而已。

凡此種種，男人終究沒說，祇為眼前的初戀慶幸；分擔家累，已經是另外一個女人的責任了，她可以豁免了。然而，那初戀突然開口說，給我十分鐘。話畢，祇見她匆匆跑了出去，待回來時，從手袋中拿出了剃鬚膏與剃刀放桌面上，說：廁所就在那邊，我想看看你原來的臉孔。男人摸了一摸下巴，苦笑，狠狠搖了一個頭。她也許不知道，頂著這一張臉在外時，他需要鬼鬼祟祟；可是面對她時，他其實坦蕩蕩，一如往昔，把心下不能說的話，毫無偽飾統統寫在臉上了，就等著她讀出一頁又一頁生命的滄桑無奈。於是，男人聽見自己這麼說，妳就記得今天這樣一張臉好了。

那初戀泫然欲泣，說，那我陪你走到碼頭去，好嗎？不，男人再次搖頭。祇要一刻還在島上，他便是亡命之徒，真的不能給自己的初戀機會一起上街冒險。男人告別，起身，挽了背包要走，那初戀拿了那兩樣東西追上來，男人道謝，接了過去。

男人疾步朝碼頭方向走去，似乎怕那不論是自己還是別人的往事由後追捕上來；坐上了黃昏的渡輪，海風侵襲，男人眼前能夠摟緊的就祇有那鼓起的背包，裡邊早已多了兩樣似乎需要向妻解釋的東西。登上夜班火車，待會便可以躲進車廂廁所，用上初戀所餽贈的那兩樣東西，預先還妻一張記憶中的臉，但是太危險了。看來，還是非得頂著滿臉的鬚渣到站（甚至回家）不可，或許，那還可以讓日思夜念長子的老母錯覺並誤會：老大，那真正的亡命之徒，終於摸上了老二家，鋌而走險來見一見她老人家了。畢竟，老母真的說過的，在這個世上沒有人比起你們兩兄弟的樣子更相像了。

# 一把吉他的重量

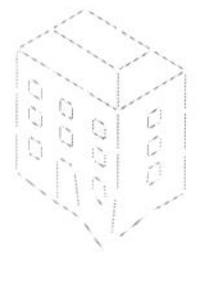

升降機洞然開啟，踏上了狹窄得肩摩肩的走道，拐個彎，長且深的一條走廊下去都是房間（左向房間面對路邊；右向房間面對河流）。他跟左右七八道硬邦邦的木門打過照面，腳下步步移前，麥色牆還來不及開口對話，地毯上密密的花紋卻已經開始吸去了人的足音。

沒有明顯的足音可以報與家妻知曉，現代狩獵歸來的男人祇得按門鈴。短短一兩分鐘之內，心碧波碧波跳，彷彿有人跟他玩躲貓貓。他瞥了一眼門面上的房號，又對一對手上的酒店卡，無疑是五四〇五了，仍舊有所狐疑：會不會有敲錯房門的可能呢？一條走廊寂寂無人，原來不過是一個個房間而已，關上了門，都是人心密室了。

門開，妻帶笑喘了一口氣，顯然剛掙脫了電腦的懷抱，復又速歸電腦前扶動滑鼠。帶上身後門，房間益發暗沉到底了，就祇靠著電腦微弱的照明；天花板上水紋一道道，從那閉合尚存一縫的帘間偷渡進來了，也不知是來自樓下泳池或河面。這一次他就像將東西寄放某處的人，有點難以置信一切東西尚未失竊，目光反而有點苛刻，要逐樣檢驗所有：玄關一個小木櫃上擱著灰藍二色的大登山背包，與它並排較高者，乃葫蘆形肉色盒，一個小學生的高度（妻說），那是還不曾打開來的弦音，曾經占了一個機位；緊接的梳妝檯上有一架蚌開的黑殼手提電腦，用自身的光芒將自己照得比任何東西還要通徹。跣足經過（梳妝檯前的）椅子與雙人牀共同擠出的一條小路，往臨河窗口下的小桌去，兩大袋獵物才放了下來。

隨手一拉，小滑輪嘶嘶響，妻馬上怪叫了，大片天光飛撲入房，先滅了電腦螢幕的可見度，再告知：是時候用餐了。樓下是貝殼狀的泳池，牆外一條供附近小碼頭乘客往來的木板走道，還有日下臃腫地躺著的濁黃湄南河；對岸孤伶伶兩棟公寓上千個蜂窩似的窗口面朝這裡，敵眾我寡，他們就祇有一排四窗。一樣一樣東西從薄弱的白紙袋拿了出來，兩個微波爐加熱的冷凍豬肉炒九層塔飯盒，兩大瓶礦泉水，一罐可口可樂。

妻迎窗而坐，占了可以看河的優勢，可也眉眼帶愁。為人丈夫者照例得關心一下，妻停下了衛生筷，透露：那一架消失在太平洋上空的法航還沒有找到。而他們呢，已經安然抵達曼谷兩天，妻偶然上網瀏覽新聞，發現了此事，就日夜窮追不捨各種相關的報導，她有她的忙碌了。才一天下來，他們已經漸漸有點渾然不覺，放著那一條文明的源頭就在窗口外流經，看也不太看了。夢想是實現了，不過……就祇有他一個人終於曉得，肉體、行李等其實錯投在一個空間裡面。

怎麼說呢？剛才下樓過對街道，旋進旋出7-11，雙手滿滿兩袋要折返時，頭一偏，他瞥見了不遠處一道招牌上題河岸旅館四字。霎時周遭車聲絕響人煙消弭，一切統統明白過來了，他傻傻愣住半晌。不可說，不可說，這個獨自發現的小祕密恐怕得要維持至旅程、整個人生結束為止。

他承諾要帶妻投宿的旅館，上一次（三年前未婚時候）到來，拾了三級臺階直登便是一片大石板地面，走了數步，祇見女接待員坐在L形櫃檯後方，全無玻璃區隔絕雙程公路的煙塵，他當時不過要問價多少。這一回，切切實實要住了進去，他驚訝於臺階已經五級，盡頭還見左右各一小盆峇里式水盆栽，兩道極需用力推開的玻璃門，一橫加長了許多的櫃檯站住笑容可掬的接待生，他們身後的牆上掛有一張紅底金漆的生命樹圖，心形樹冠之內另見零零散散的心狀葉。才三年時間，記憶中的小店已經擴展成了需要仰視的巍巍鵝黃五層樓。倘若人在其他城市，他或會生疑，可是曼谷有什麼事情不可能發生呢？

總之，一切更為美好更為壯觀了，記憶中的旅館，已經由小象變成了大象，從三層樓升高為五層樓了，他想什麼，曼谷便提供什麼。他更是天真以為，經過了數次的示威暴動之後，曼谷的酒店價格陡然下降了。那在國內叫他時時刻刻念住記住的價碼，三千多泰銖一晚，這回接待員轉過櫃檯上一個前題Special Promotion的馬尼拉卡摺成的紙牌（似乎為了特價而草率摺成三角，豎立著），後方別有乾坤，寫了各種套房的原價與折扣價：一望之下，哦，他們又是何其幸運，碰上打折的淡季，價格深深一挫，祇剩下兩千三百多泰銖。

所幸，祇要不說，那昧於方向的妻永遠不會清楚：沿湄南河岸再往下走，另有一間名稱帶有河岸二字的旅館。祇要他不認錯，對方這一輩子就不會清楚何謂「對」了。他們甚至可以在此一夫一妻住上十年八年，過完此生此世，也不會知悉那原來是個錯誤。

當然，他也許可以建議再搬往心目中那一間旅館，不過，那大背包，那肉色盒，已經放了下來，再拿起來更覺得重了。當初，他們說好了，先住下一晚再說，可是旅途中衍生出來的惰性，勢必造就蟬聯，他老早清楚有了第一晚，就有第二晚，第三晚，第四晚……再說，整個空間的一切早已透露了自身平日家居的習慣，牙刷牙膏放洗手盆旁，一概護膚品陳列更高的鏡臺上；每一個燈光的開關早已重重疊疊著兩人的指紋；頭顱也慣臥那鬆軟的一枕。連續兩日，這房間已經是自治區了，妻像是平日監督鐘點女傭一樣，祇放清潔女工進來一會，現場指揮她們倒垃圾、清潔一下廁所，餘者不容他人染指。待女工要走時，也不忘追索那日日必須更換的乾淨面巾與浴巾，家已經在這裡了。

飯飽之後，妻扳開罐裝可樂，意味深長看了他一眼，他笑一笑，自然明白那是什麼意思。也許是時候，他應該打開那肉色盒了。不過，他以為自己還有五天旅程，就讓雙方再等一等吧。妻手握可樂走開了，於電腦面前再度坐下追蹤一架飛機的神祕消失。他呢，睡意催人躺；其實，心已經等著入夜那一場歌舞劇，以及下午五點之前就得下旅館大廳坐等專人接送，所以此時才三點就不知該做些什麼，生命成了白白流經的河流，就由著他背對，他望向了那玄關小櫃上的肉色盒，任由睡意俘虜。

下午五點，七人休旅車按時來接走他們，不過得先兜一圈附近的旅館，湊集人數才能真正上路。途經許許多多跟他絕緣的旅館，叫人幾疑似乎脫下了一道道招牌，都可以還原為尋常家宅。路上有人速速然抬動白架子的花圈，整座城市開始有了它的生老病死。七拐八轉，窮巷似乎無路了，車卻一停，已經在一間外形奢華得有點像夜總會的旅館前了，旁有小河充當另一條活路。似乎怕外客不知其新舊，名稱上安了一個「New」字，就像目前他們下榻的那一間的取名。天曉得，曼谷有著多少層出不窮的「新旅館」從塵土間冒出來。男人心下盤算，以後或許可以來住，此河顯然是卸貨小運河，兩端可見一溜別人家的屋後設有石階，是一座又一座小碼頭。主意說了出口，妻子卻道，這樣靠河，怕是蚊子會多。

就憑這一句，他以為妻滿足於這一趟錯誤入宿的旅館了。倒是他，從來不這麼想，老覺得每一趟旅程中要是肯頂著烈日多走幾步路，勢必能夠碰上更多不一樣乃至更好的旅館，但，人生真是這樣嗎？帶了妻上路，就不可能像三年前自助旅行時，可以一身臭汗進出多間旅館比對價錢了。當初情況也不同，他確實想平衡一下體內的水分，要多點汗水，就為了人在異域少一點淚水。也好的，苦難的歷史不會重演了，他認識妻之後，更加肯定從前那一趟，也許是為了這一回當個開路先鋒。

妻曾問他當初跟誰來過曼谷，那答案叫人失望，就祇是他孤身一人上路，似乎沒有祕密可探。實則，他從來不曾真正透露：他那時需要給一個女人兩個星期的時間搬離他家。兩個星期，顯然太充裕了，毋寧說是他自己更需要這麼長的時間去浪遊，好接受一座陌生城市的默默收容；他需要一種廣大的憐憫，睹物思人的家鄉給不到，人祇好投身曼谷。

如今這一趟，男人更像個孩子衣錦還鄉，還帶了一個媳婦回來，用消費的方式告訴這一座城市：他已經不一樣了，是個有家室的成年人。然而，心下呢，他明白眼前妻所看見的曼谷跟昔日他所見的，是不可能一樣的。他總是想妻要些什麼，曼谷便助他一臂之力，馬上提供什麼。從來，這佛國之城可以按照八方來客所需，可以幻化出事事物物佇立於平原大地之上，比如：欲望捷足先登在河岸邊建了五層樓的形體，等他誤打誤撞發現了，住了進去；同樣，華衣先織就，就為了等待妻將它攜帶入試衣室；美食先準備下來，就為了等待穿腸過肚，進入他們各自的肉身天地；林中的籐、竹、木，先委屈成各式奇巧的家具，就為了等著他們運回國內組織綠意家居。就這樣，觸目並無一事一物他可以脫得了干係，心心念念都是建築一座城市的磚塊。當車子還在路上行駛時，他早就清楚前方將是怎樣的一種光景：這一座城市從來不會辜負別人對聲光之娛的追求，那上好的音響、華美的排場、精巧的特效、炫目的燈光勢必出現，就為了這一夜上千雙眼睛的渴望，他和妻就是其中兩位座上賓，布幕一開，曼谷開始了它的表演。

歌舞劇散場，休旅車老早已經等在門外了，他絲毫不覺詫異，這是曼谷嘛。司機還是來時身材五短那一位，祇不過，目下就祇剩他與妻了，其他兩位金髮女乘客的芳蹤不詳。車開，登上鯨起背脊的高架橋，慢慢駛離高樓鷹聚一塊的東區。長長一段路出奇清寂平順，店鋪早已紛紛打烊了，正當他心中想著需要一些東西來填補車中的沉默時，熟悉的音樂過門響了起來，叫人幾疑是幻聽。心想什麼，曼谷便會給你什麼。彷彿整個城市就祇是一念之間便可生可滅。他老早就知道，總會在曼谷這一座城市陸續碰上一些東西；等著，總可以等到。

是加利福尼亞旅館。最後一次聽見有人當眾演唱這一首歌，是嗓子略帶沙啞的一名男歌手，他有一張小木偶樣的臉孔，當時剛發了一張EP。台灣唱片公司透過他在馬來西亞的經理人要簽他為歌手，他滿臉喜悅將這個消息告訴身邊的小女友，小女友遲疑半晌，哭泣了。苦苦追問之下才聽她透露：正是對他的才華太有信心了，她怕自己很快就要失去他了。未能拒絕小女友如此深愛自己，他還來不及登上真正的大舞臺，就收了翅膀，放下了吉他。沒有登上大舞臺，他連新馬小舞臺也放棄了。音樂在他看來似乎沒有中間地帶，做到最好，或索性不做。他規規矩矩當個土木工程師，自己在駕駛座當司機，公事包、頭盔放汽車後座當真正的主人。塞車時，他難免望著滿街棺木樣的車，想：街上這些車子究竟裝了多少個死去的詩人？不過沒關係，與其目睹成千上萬個歌迷膚淺的愛，那他倒不如擁抱一個人對自己深刻的愛戀，他就這樣甘於平淡坐在十七樓公寓內的餐桌上與一個女人一邊坐看黃昏進入黑夜，一邊享用家常便飯，屬於他的加利福尼亞酒店就在這裡。

生命自有嘲弄人的方式。正當他對音樂早已死心當兒，不料有人開始懷念從前的他。就在同一個餐桌上，某個五月天的黃昏，小女友提出分手不說，還告知她已經移情別戀了。怎麼一點預兆都沒有？原來他太安於現狀了。這不是當初他們所追求的嗎？突然，許久不曾用上的兩個字乍現心上：背叛（他對音樂，她對他）。一旦聽說她當初喜歡自己無非因為他在舞臺上如此光芒四射，他就跑進房間拿起了那一把吉他準備砸死小女友。小女友跑向沙發，拿起了靠墊護頭，狠狠破口直說一句：你當初的放棄也不能全然怪我，你自己何嘗真正有信心遠走他鄉，我祇是你的藉口。他放下了手上的吉他，崩潰掉淚。

之後，男歌手自我放逐曼谷，他沒有辦法人留原地坐觀十七樓公寓的變化，搬家總給他一種掏心掏肺之感，可以是天堂的地方，也可以是地獄了。他寧可身處異域，來至繽紛的紅塵俗世——曼谷，想像那個女人已經清空該拿走的東西了。過去這些年來，她蠻橫地將整個人塞滿了他身體每一個角落，連他的嘴巴也發不出聲音了。是時候，她給回他一些空間了。幸虧，那個女人真的如同約定一樣，趁他出國的空檔還原公寓實際的面積，祇是沒想到，連那差一點成為凶器的吉他也一起消失了。詩人已經死了，手上那一支筆拿走，也沒關係了。畢竟一起生活了這些年，他明白她的手勢有這一層意思。他毫不追究地活了下去，生命沒有了弦音。

三年後，他又回來曼谷了，手上多了一把頗具重量的東西，是妻鼓勵他買下的吉他。他已經到了不會有人（包括妻）鼓勵他當歌手的年齡，吉他祇能是怡情物。工作之餘，妻覺得他還是要有點解壓的嗜好才好。既然當初熱愛音樂，就買一把吉他吧。他們還一起開車去選購，熱忱不減於選婚紗的時候。當然，他清楚妻體內從來就不乏少女夢，渴望心愛的男人可以在適合的時空彈唱一曲給她聽，那一把新吉他就這樣才獲准（是的，行李已經太多了）帶到曼谷來。叫人驚訝的是，吉他買了回來，在國內時候他久久不曾打開彈唱一曲；妻問起時，他說需要找個浪漫的地點，也許他就會彈唱了。當然，他清楚自己沒有說實話，他是怕自己一發不可收拾，又往那一條早已是絕路的路走去。關於音樂這種事情，他仍舊以為沒有中間地帶可言：沉溺，或放棄。他暫時祇好站放棄這一邊。至於那一架新吉他，他另有用途。

從前的事，妻或不經意問起，他常常含糊帶過，也不見得對方繼續追問下去。恐怕，妻就像大部分人一樣，渴望知道一二，有個基本的故事輪廓即可，卻不會想聽太多的情節與細節。他要是說得夠仔細，等於記得清楚，那還了得？至於差一點到台北發展歌唱事業的事情，他幾乎從來不提，以免顯得自己當初懦弱，錯失了良機；未成的事情，尤其別人給過的機會，提了彷彿也祇是一面之詞的炫耀，算了吧。不過，要是去了台北，他後來又怎麼能夠遇見妻呢？生命對每一個若有所失的人總有一些回饋，他該知足。音沉響絕，剩下的就祇是一項實驗未完成：究竟一把吉他放在心上還是背在身上比較重呢？新吉他可以派上用場了。

當初，第一次來曼谷時，人在火車站碰見了一個加拿大老男孩Ken，背了高出一個頭顱的大背包之餘，手上還提了一個綠盒，上穿一件鴨屎青圓領衣，下著褐色短褲，露出兩管細細的毛腿，一雙面目原該是白的運動鞋。雖然不曾打開，他清楚一把吉他就藏在綠盒內。他們就在同一個月臺上不同的長椅上坐候，彼此身上的背包成了雙方辨認是旅客的標誌。朝北而行的火車來了，他先上三等車廂，不久Ken跟著上來，先將綠盒放一邊，再卸下背包擱置頭頂行李架上，見一車老早坐滿了泰國人，瞥了他一眼，就帶笑面對面坐下來，而那綠盒呢，始終不曾離手，就擱大腿之間豎立著，像是劍士拄劍而立。也許，意識到他不時偷瞥綠盒一眼，Ken問，你也喜歡音樂？他點個頭，馬上後悔了，自己未能像對方那樣（他覺得太蠢了，也太重了），一把吉他走天涯。果然，眼前這一位小他七歲的年輕人即問，為何不帶你的吉他上路？他笑笑不語。Ken繼續說了下去，要是我呢，將吉他放在家裡，等於放在心上了，那就會一直想著。談話間，他方知Ken已經提著吉他浪遊東南亞三個多月了。不聽這話還好，一聽之下，十手頓時有一種空疏無依之感，直至整個旅程結束，那沒有提手上的吉他，始終沉甸甸放他心上。

之後，待他再開吉隆坡的家門時，發現了老吉他被擄走那刻，怒火突升，念頭一轉，又熄滅了。想到自己原是可以隨身攜帶吉他走天涯的，卻放棄了這一個機會，才讓小女友有機可乘，他又能怪誰呢？如今，新的一把吉他帶了上路，仍舊放旅館房間，也不寄存櫃檯，妻老早提醒了有遇竊的可能，他即安撫說，那麼大的一件東西，偷了也太觸目，不容易帶走，賊不會這麼笨。

待車子抵達旅館後，他卻是急沖沖往升降機方向去，妻卻叫他留步，原來他們還有一架手提電腦寄放櫃檯。追蹤法航失蹤的消息缺此儀器不可。一架消失在太平洋上空的法航，他老是懷疑還有生還的奇蹟。其中一位櫃檯小姐拎黑電腦公事包上櫃檯，朝他展露笑容，他瞥了一眼她身後牆上的生命樹圖像，突然有了剎那的洞明：樹是菩提樹。他隱隱覺得這些小姐入夜無聊，待他們夫婦倆走遠之後，就要談論他們這兩位曼谷旅人今晚不是去看歌舞劇，一定就是去坐乘海鮮船舫遊湄南河。反正，在世人眼中，他們跟成千上萬到此的旅客其實沒有兩樣，還能有些什麼新奇的節目呢？不知何故，他這一夜特別介意別人如此看待自己，他覺得自己不僅於此；他另有不可告人的嚴肅使命早已完成了（妻當然不是這麼想）。

升降機門前左右，各有一尊頭托水甕的長頸族雕像，妻看了一眼，他明白她的意思，卻當作沒看見，他向來反對將人當展覽品參觀；何況此地不是泰北，無從參觀。升降機一開，手即掏出錢包，抽出了房卡。入房，妻跑廁所，男人見那肉色盒子還在，就提了一提，那盒子的重量透露其中的虛實，他又輕悄悄放回原位：這城市至少善待他。為了確保新吉他能夠順利登機，他當初還瞞著妻多買了一個座位，就為了供奉這一把吉他。這已經是曼谷了，一把吉他來到它當年應該來的國度，任務似乎完成了（妻可不這麼想）。

妻從廁所出來之後，開電腦查法航的最新消息，神情異常專注。黑箱還沒有找到？還沒有。他準備沐浴，望角落垃圾桶一望，明白了妻身狀態。旋開熱水器，待水轉熱那一刻，心血來潮翻查了一下拿在手上的貝殼狀牙線盒，就在盒底，第一次發現產自愛爾蘭，似遠又近，他拿著的竟是一個舶來品，彷彿海上絲綢之路運過來的，就在曼谷這個地方：人生就是這樣不可思議。廁所貼著英文小告示：請節省用水，這一帶常常缺水。撒尿沖水，似乎也是罪過了。因為人在曼谷，佛前懺悔有的是機會，就嘩啦啦拉水。手上的浴巾已經打開來了，乍然，一朵花消失了。當初，毫無漣漪的大牀上一角，祇見大小兩套浴巾跟面巾皆給摺成四瓣，小者疊大者之上成為兩朵八瓣蓮花狀，彷彿水面放河燈，漂流至此。相機拿了起來，他們雙雙退至房間玄關的一角，他貪婪地盡可能連房帶河，以及梳妝檯，一起拍了進去。妻是說過的：趁一切尚未弄亂之前，就拍一張照片吧。

從廁所出來，祇聞妻開口告知，待會我便要開始洗內衣褲了，就晾在廁所內由著它滴乾水。拿去洗衣店吧。誰知道混著誰的衣服在洗衣機內一塊攪，多噁心。男人不出聲了，祇聞暗沉沉河道上有一輛急艇駛經了，女人顯然已經將這一間旅館當成家了。生命無非吃喝拉撒，處處可以為家，住對住錯都一樣了。剩下來，就是家常之中如何經營一點浪漫情調，那就看他了。

男人說，剛才的歌舞劇，妳感覺還好嗎？男人聽見了自己口氣中略帶討好，彷彿主張帶了妻來曼谷之後，他就需要對這一座城市的種種諸如天氣、計程車司機態度、人民穿著、歌舞劇水平負責任似的。那大曼谷已經縮小又縮小，成了一個可以捧在手心的袖珍物，他正向女王進貢。顯然，女王並不領情，祇聽她說：趁這把東西還沒有被偷走，先乖乖彈唱一曲給我聽吧。

當然，男人是不會稟告女王陛下非常重要的一點，一把吉他碰碰撞撞，盒體上有了不少的小刮小傷，拿到了曼谷酒店房間那一刻，抵達意味著結束了。那個背叛者也許完全說中了：沒有人可以真正剝奪另外一個人的機會。最後的決定就在自己手上。眼前，女王陛下恐怕還在等待他人處牀邊，背對窗口，握好吉他。那時流水無聲，弦音有情，她將同時收聽他輝煌的才華以湄南河為大背景重現在她一人面前。他該怎麼做呢？也許，曼谷已經用著沉默且委婉的方式悄然告知：你那一把吉他還沒有被偷走，是時候，該拿起來了。

# 身後的追兵

後記

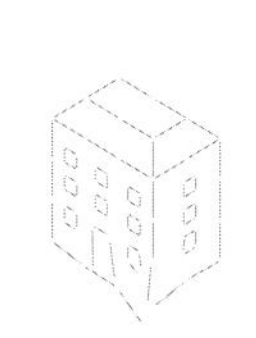

此集子中有數篇東西，今昔之面目已經有頗大的差異，不能不有點交代，好對得起刊登過的編輯和讀過的讀者。

最初（說得久遠一點，是「上個世紀末」），當然是寫稿，手握圓珠筆，一個個字將〈傘與塔之間〉填入中文系免費供給的大稿紙。那是一九九八年大學長假，回島上父母家短住，香港已經回歸了，戴安娜也在巴黎車禍身亡了。長假開始之前，宿舍已經漸漸冷清，和幾位同學駕電單車上大學後山，看山下高架橋的車流，尚未淪為過去的美好時光，那時當下便清楚我其實什麼都挽留不了，心裡之難受，彷彿給一隻看不見的巨手押著喝時間的毒藥，然後等著它慢性發作身亡，把我的記憶一起消滅。於是，我寫了〈傘與塔之間〉。

二〇一一年又來至一個臨界點，準備赴韓之前，勞煩了學生從大學圖書館影印一份〈傘與塔之間〉，準備要規規矩矩當個打字員，不想，敲敲打打之間卻入戲了，由數千字之短，增至兩萬多字之長。我以為那已經是化石，卻找到可以複製生物的幹細胞，真是奇蹟。中間，十多年就這樣過去了，砍柴的斧頭也可以拿來砍人（像顧城），許多童話神話早已破碎了，連再婚過的查理王子如今也要鬧離婚。

那是二〇〇五年吧，又是一個關鍵年。才寫完〈椰腳街紀念日〉初稿，乍然便得在吉隆坡此異鄉過起一個人的日子，初獲「自由」便難掩心下的竊喜，卻不知道自由後將繼之以漫漫的寂冷。二〇〇八年註冊閃婚，往峇里島度蜜月兼趕寫那注定寫不好的舞臺劇，祇好從小說中尋找安慰。椰樹風下好日子，〈椰腳街紀念日〉卻越扯越長了。及至二〇〇九年長女出生而枕邊人坐月子時，尚未將萬字長稿外投，便知道那分明在為難編輯大人。赴韓前後又經數次刪減，遂有目前較像小說的面目。彷彿菜籃撈水，祇剩下點點滴滴，但願昔日的記憶可以從此凝結其中。

至於〈世界〉呢，最初命名為〈脫〉，赴韓前後各大增刪了一遍，題目也換了。對這篇東西，我獲得的最大教訓：不勞他人，先以讀者的目光來挑剔自己吧。所以，學生寄來的稿件，我非常不負責任地回覆：先擱置一些時候，你就會看見自己的破綻了。有時，好的事物，人類自身總會第一時間感知那是好的；往往對於不太好的事物，我們往往還有一絲妄想，冀望別人會說：你還寫得不錯。

此書其餘諸篇，都屬於不同時空不同住所的產物。在一個愛不進去的城市，我住了十六七年之久，始於香港回歸那一年，時至今日港人占中，也搬了快十次家，光是婚後就搬了四次家（預期明後年還會再搬一次），彷彿身後有追兵；不然，就是潛意識裡要橫看側看，把吉隆坡的好努力看出來？也許，還可以歸咎於生性怕熱又惹蚊，偏又不肯屈服於冷氣的淫威之下，枕邊人聽怕了我的牢騷，一次次開車兜斑苔谷一帶尋找熱帶清涼境。是的，當初最好的日子已經遠矣。那時，與父母、哥哥四人蝸居檳榔嶼戰前老房子的小後房，打著兩把小風扇便可以度日。如今我住過的戰前房子彷彿變成童話糖果屋，說了，連枕邊人也不相信。我屢次說，不是過去三十年來地球溫度升高了，而是如今的建築商用著劣質建材給我們造悶熱的「火宅」，並且預設我們將鑽牆裝冷氣。

大概，祇有四季國如日韓能讓我稍微安分一點（卻也在韓不得已搬了兩次），除卻夏季，其他月份我安然自適。也許，到韓國，或到每一個地方或長或短居留，都祇是人生的暖身操，誰清楚將來會如何呢？我是在適應大限，還是準備移民？祇要人身還在，不論到了哪裡，可以預期的是：勢必先安了電腦，趕緊「試筆」寫點東西。常常，祇有寫出了第一篇東西，我才對新住所稍微有點信任。換風水學的說法，文昌位算是找到了。

如今，身後追趕我的來敵恐怕已經越來越分明了，是時間，那人人的公敵。變動不居的人生還有夙願可言的話，那就是遠在開始提筆嘗試寫小說之前，便想著，其中一本小說集該以愛情為素材，把愛情當作一頭生物，細細觀察牠的生死、成長、轉折，連皮膚上的細紋都寫出來，那最好。曾想過以「愛有千萬身」命名，那已經是七八年前的舊事了；如今，未能想到更好的書名，且名之為《幸福樓》，但願沒給人標榜幸福之嫌。本來，絕然的幸福就不存在，樓之能起能興能塌，已經是中年人看過的風景。我很早就不相信「五十年不變」。

二〇一四年十月二十三日，吉隆坡

文學叢書 447

INK PUBLISHING

# 幸福樓

作　　者　陳志鴻
攝　　影　陳志鴻
總 編 輯　初安民
責任編輯　施淑清
美術編輯　黃昶憲
校　　對　蕭悅寧　劉藝婉　吳美滿　施淑清　陳志鴻

發 行 人　張書銘
出　　版　INK印刻文學生活雜誌出版有限公司
新北市中和區建一路249號8樓
電話：02-22281626
傳眞：02-22281598
e-mail：ink.book@msa.hinet.net
網　　址　舒讀網http://www.sudu.cc

法律顧問　巨鼎博達法律事務所
施竣中律師
總 代 理　成陽出版股份有限公司
電話：03-3589000（代表號）
傳眞：03-3556521
郵政劃撥　19000691　成陽出版股份有限公司
印　　刷　海王印刷事業股份有限公司

港澳總經銷　泛華發行代理有限公司
地　　址　香港新界將軍澳工業邨駿昌街7號2樓
電　　話　852-27982220
傳　　眞　852-27965471
網　　址　www.gccd.com.hk

出版日期　2015年 7 月　初版
ISBN　978-986-387-042-5
定價　240元



國家圖書館出版品預行編目資料

幸福樓／陳志鴻 著.
--初版，--新北市中和區：INK印刻文學，
2015.07 面：14.8 × 21公分.（文學叢書：447）
ISBN 978-986-387-042-5（平裝）

868.757　104009393